Là où coule le Réquival

Marie-Madeleine Martineau

Là où coule le Réquival

Roman

LE LYS BLEU
ÉDITIONS

ISBN : 979-10-377-8743-9

À Mémé,
notre Mémé,
ma Mémé, toute discrète mais à l'aise tant en français
qu'en allemand et qu'en Alsacien, évidemment.

Traité du 6 décembre 1938

Article 2 : Les deux gouvernements constatent qu'entre leurs pays, aucune question d'ordre territorial ne reste en suspens et ils reconnaissent solennellement comme définitive la frontière entre leurs pays telle qu'elle est actuellement tracée.

Signé les Ministres des Affaires étrangères français et allemand

1

Il lui avait suffi d'ouvrir les fenêtres, de pousser les volets, pour apercevoir le coq de l'église : eh bien non, elle ne s'était pas trompée, la girouette tournait le dos à la vallée ! C'était rare mais elle confirmait que l'air froid ressenti le long de ses jambes, dès qu'elle s'était extraite de la couche chaude de sa petite Marianne, était bel et bien arrivé.

« Debout les enfants ! Il faudra s'habiller chaudement : la bise de l'Est souffle, il ne pleuvra pas, même si pluie du matin n'effraie pas le pèlerin ! »

Ouf, la maman avait placé son célèbre dicton, elle pouvait se glisser dans ses habits posés sur la chaise, entre la grande armoire et le mur de la chambre, bien dans l'ombre ; ils étaient glacés mais inutile d'en faire tout un plat et surtout d'essayer de tisonner le petit poêle : économiser le bois était impératif, déjà que le charbon faisait cruellement défaut ! Naturellement, elle n'avait pas manqué de faire le signe de la croix face au grand Christ crucifié, pendu au-dessus des lits, et de murmurer ses prières, particulièrement ferventes en ce jour.

Sans tarder, elle dévala l'escalier de l'étage et elle passa dans l'ancienne soue à cochons où les commodités avaient été installées : un bien grand mot pour un simple tonneau au milieu des toiles d'araignées et quelle épreuve que ces odeurs ! Elle s'en pinçait le nez tous les matins avant d'y arriver ; dire qu'en ville, elle avait connu un autre confort, une baignoire, du chauffage central… Ses voisines avaient bien raison de porter des culottes fendues pour aller plus vite ! Bon, elle, elle restait pudique et mieux valait ne pas s'attarder sur ce côté trivial, car il lui aurait fallu ajouter l'humidité permanente du couloir, dont les murs suintaient sur le sol de grès. Allez, dès qu'elle serait devant sa cuisinière, elle la chargerait avec les pommes de pin et les aiguilles de sapins stockées dans le cagibi contigu, et ce serait la première flambée.

Et puis, elle ferait claquer les volets de sa carrée – les dames d'ici appelaient ainsi leur cuisine –, en s'écriant « Bon-jour à toi, mon Réquival » très fort, pour être sûre d'être entendue jusqu'au fond du vallon, là où le coquin se cachait derrière les herbes, hors de sa vue, mais pas de son ouïe. Voilà, le signal du réveil serait donné à toute la maisonnée et Marg'ritte n'aurait plus qu'à mettre en route le petit déjeuner des enfants.

Elle avait beaucoup réfléchi à ce dernier repas et acheté avec ses points de rationnement, une grosse miche de pain chez le Benay, et si jamais il restait des quignons, tant mieux, les petits les emporteraient dans leurs sacs ; elle avait aussi échangé du sucre contre une motte de beurre frais avec la Clarisse, « qui-est-toujours-parmi-ça-dessous-la-vache », et avec les Tridart, toujours du sucre contre deux bols de « motton ». Elle avait donc de quoi étaler sur les tranches de pain de seigle une bonne couche de graisse, et servir dans des assiettes creuses un « bibeles'kaes » comme elle préférait l'appeler pour respecter la tradition de son Alsace, soit un fromage blanc, dans lequel elle déverserait leur dernière cueillette de fruits des bois : luxe suprême. Et puis battre les quatre œufs de leurs poules que sa fifille aimait tant : une omelette savoureuse ne manquerait pas de gonfler dans la poêle. Y ajouter un peu de lard ? Pourquoi pas. Alors tailler deux grosses tranches dans le morceau, qui avait été cadeau ; en réalité, non, il n'était que la juste contrepartie de la contribution de son fils à l'abattage du cochon. Aussi chaque fois qu'elle se saisissait de son grand couteau, ses oreilles étaient-elles déchirées par les cris de la bête à qui l'on avait donné un coup de marteau au front puis un coup de poignard au cœur : une véritable boucherie qui avait duré une journée entière ! Enfin, il fallait bien les nourrir ses écoliers, car leur chemin serait long : ils rentraient au pensionnat ; leurs vacances étaient terminées.

Vacances ? Vous voulez rire ! L'idée de repos n'était dans l'esprit de personne en ces temps. Le pays avait vu ses forces vives partir à la guerre, au mieux réquisitionnées pour le service obligatoire et les réfractaires devaient se dissimuler, alors un gars de 17 ans, comme son Joseph, était le bienvenu : il avait besogné à gauche et à droite, appelé à ramasser les foins, faucher les céréales, tronçonner les gros arbres en forêt, durant de longues heures, si bien qu'à son retour le soir, il était mort de fatigue ; rien qu'à la vue de ses quatre membres, qui pendouillaient à l'arrière de la charrette du Binder, sa chère maman aurait voulu lui offrir un remontant, mais pour lui, traquer sous les pierres du ruisseau une ou deux truites avec le Marcel était sa détente.

Sa Marianne n'était pas non plus restée inactive, loin de là : elle avait bêché, sarclé, planté la mauvaise terre, le seul morceau au-dessus de la route qui leur avait été concédé par les Haucouturier, à la condition expresse de partager les récoltes du potager ; et la jeunette de 16 ans avait combattu les doryphores qui s'étaient abattus sur ses plants de patates. Comme elle n'y connaissait rien, seule son énergie avait compté. Et pas de répit : Mère et Fille, pots de camps attachés à la ceinture, n'avaient pas manqué de courir aux framboises le long des chemins creux puis aux mûres dans les ronciers, enfin aux brimbelles, cette fois pliées en deux sous les sapins. Elles en étaient maintenant à la récolte des poires, celles qui avaient pris bonne mine à l'abri de la façade Sud de la maison ; elles avaient résisté à l'appétit du petit loir, souvent aux aguets avec ses yeux vifs, mais trouillard comme pas deux ! En ce qui concernait les pommes, il fallait encore veiller sur l'arbre, qui ne portait que tous les deux ans, comme tous les bons pommiers, leur avait-on enseigné.

Cette énumération pourrait faire croire à un pays de cocagne, mais il n'en était rien, parce que le climat était rude, mais aussi parce qu'elles manquaient d'expérience, ces petites dames de la ville : heureusement que les vieux villageois leur prodiguaient des conseils, comme ça au passage quand ils voyaient qu'elles gâchaient trop l'ouvrage !

Son plaisir à la jeune demoiselle ? Peut-être le poulailler, bricolé au fond du jardin : découvrir les œufs dans le nid, nourrir les caquetantes avec tous les déchets ramassés dans sa robe et éloigner le renard qui rôdait dans les hautes herbes ainsi que la buse qui tournoyait dans les ascendances. Et pourtant il lui faudrait quitter ses protégées et sa Mère allait perdre son aide précieuse. Quand elles faisaient ensemble le compte de ces tâches ménagères partagées, c'était la lessive dans les bassins de la fontaine, qui était la plus pénible : le savon qui ne moussait pas malgré les diverses recettes, l'eau qui était si fraîche qu'elle vous donnait la chair de poule – encore une expression appropriée, dont elles se seraient bien passées !

Fin de journée, la mère et sa fille auraient bien mérité de se rendre au « Couâreuil », l'institution qui réunissait les unes chez les autres en des bavardages à tomber de sommeil. Pour dire vrai, elles s'y étaient essayées, mais elles ne pratiquaient pas le patois vosgien, pas du tout, et leur accent alsacien les exposait à toutes les risées, voire les soupçons : il était louche, il faisait penser aux « Boches », donc mieux valait ne pas en rajouter, déjà que la famille Haasser, avec son arrivée tonitruante en 1939, avait bouleversé la vie du village… Alors, elles en avaient pris leur parti, et puis elles préféraient s'installer autour du gros poste de TSF où leur Joseph était à la manœuvre ; il tripatouillait les boutons et l'oreille collée au haut-parleur, il atteignait la radio suisse, radio-Lausanne, radio-Genève, qui les régalaient tous les trois.

Elles étaient pleines d'humour ces émissions, particulièrement celle sur l'alimentation en pénurie ; mais c'était la voix de leur Christian Payot qui primait le vendredi soir et même s'ils restaient aux aguets – fiston était prêt à lui couper la chique dans le cas du moindre bruit suspect – elle avait le don de leur renvoyer avec légèreté les chaos qui les concernaient eux et leurs proches, si nombreux. Car de la famille, ils en avaient dans le Grand Reich, englouti par les nazis et c'était difficilement avouable, mais il y en avait aussi au Luxembourg annexé, en Suisse neutre et en France occupée voire libre, car comment tracer au kilomètre près la ligne de démarcation ?

Si avec l'une ou l'autre des Frances, les relations restaient praticables, par contre pour garder le lien avec Julie, qui avait pris cette décision totalement déraisonnable de s'en retourner en Basse-Alsace avec ses deux frères paralysés – trop le mal du pays ! – il leur fallait toute la duplicité du garde forestier du Windeck : ce bon Simon n'habitait qu'à quelques centaines de mètres plus haut, en pleine forêt, mais le destin l'avait jeté en Allemagne pour la deuxième fois de sa vie et cette fois dans le IIIe Reich ; cependant comme il avait une pratique ancienne de la frontière, il en connaissait toutes les combines. Aussi la sœur de Marg'ritte adressait-elle ses lettres au fonctionnaire, nominativement ; celui-ci les identifiait, rien qu'à l'encre, et il les rendait au facteur pour les faire remettre à son collègue et complice de France, Départements des Vosges enfin Meurthe-et-Moselle, au prix d'un circuit dont ils étaient les seuls à détenir le secret.

C'était donc le grand jour, quand l'homme de la Poste leur remettait une missive en main propre : toute la soirée se passait à décortiquer le texte cousu de sous-entendus ; lire entre les lignes était un travail qui demandait de la patience ; heureusement qu'il y avait ces petits mots universels, ces « mes chères et mon cher », tous ces élans du cœur, qui se suffisaient à eux-mêmes ! Alors on s'appliquait à répondre et on épousait le même style. Mais les soirées sans événement, même si ces bonnes lettres avaient été relues, comment s'occuper utilement « sans-jamais-rester-à-ne-rien-faire » ? Eh bien Marianne et Marg'ritte filaient la laine et que je te détricote des vieux pulls troués pour en tirer des pelotes, en passant les fils autour des quatre pattes d'une chaise renversée ; et que je te retricote des kilomètres de cache-nez ; et que je te crochète des petits carrés à assembler en lourdes couvertures, tout en priant, en implorant, en suppliant le Seigneur de se pencher, ne serait-ce que cinq minutes, sur leur triste sort.

Mais si à l'extinction des feux, le meilleur n'avait pas été à venir ? Mère et ses deux enfants grimpaient ensemble à l'étage et depuis deux jours, tous les trois, ils s'engouffraient dans la même chambre ; là deux lits simples, dont l'un où la petite s'enfouissait au creux du ventre de sa maman. Très vite, la nuit les emportait au-delà des crêtes des Vosges, bien au-delà de ce sommet du Haut du Bon Dieu, qui s'employait, à leur boucher la vue vers l'Est, vers leur terre natale, tant désirée.

Mais que se passait-il ce matin, le plancher ne craquait pas au-dessus de la tête de Marg'ritte ? Il fallait qu'ils se lèvent, ces gros dormeurs : assez longtemps roupillé ! On racontait que l'air des montagnes vous tuait, d'accord, mais l'heure était largement arrivée de prendre la route. Elle s'était saisie du balai et elle avait tapé sur le plafond, jusqu'à ce que ça bouge là-haut. Enfin, ils étaient apparus, son rondouillet et son asperge, les yeux embués, les pieds lourds et elle leur avait asséné, qu'ils devaient se préparer et plus vite que ça ; naturellement, les sacs étaient quasiment bouclés depuis la veille voire l'avant-veille, mais ils avaient des kilomètres à avaler, à commencer par le premier parcours à pied.

Il était déjà trop tard pour le tacot des ouvriers, le seul à l'heure, et avant de sauter dans l'un des trains suivants, ils auraient, fallait-il le leur rappeler, ils auraient à saluer les Battelot, les Parisse, les Prône, les Tridard et à bien les remercier : un mot à chacun sur le pas de leur porte, et au cas, où ils ne croiseraient personne – ce qui la surprenait a priori – un signe de tête vers chaque fenêtre, car ils seraient là, à les guetter derrière leurs rideaux ; et si par malheur, ils en oubliaient un, ils le payeraient par une réputation, qui leur collerait à la peau pour l'éternité :

« Ils sont fiers, ces jeunes-là… ils se prennent pour qui ? Comment qu'ils ont été élevés ! Ils ne savent même pas donner le cœu-cœur ! » « Leur môman » aurait beau courber l'échine, promettre qu'elle corrigerait ses « sales gosses », impossible de laver l'opprobre ; le mal serait fait… Déjà que pas un d'entre eux n'était « allé à l'école-ensemble » et qu'au pays de Jules Ferry, – né à St Dié, la ville la plus proche – c'était grave de n'avoir pas fréquenté la communale, tout juste si on reconnaissait qu'ils avaient été estampillés Français à Strasbourg dans l'entre-deux-guerres.

Après cette première épreuve plus ou moins réussie, les enfants auraient à traverser le Réquival sur une passerelle guère plus solide qu'une planche et sans taper des pieds, de peur de la fendre. La cérémonie des salutations pourrait alors reprendre, cette fois en direction des Binder, Simon, Finance, avant de franchir l'autre rivière, celle de la Plaine. Certes, les deux ruisseaux étaient tellement étroits que « le nain Obéron, dansant aux bords des flots, aurait sauté par-dessus sans mouiller ses grelots » fredonnait-on mais ce qu'il n'avait pas annoncé le drôle, c'était qu'en passant sur ce deuxième pont, on changeait de commune et même de département, de Meurthe-et-Moselle en Vosges, même si on restait au pays des Raon, prononcés « Rôn », autrement dit ravins :

« Allez-y, y comprendre que'que chose, sapristi ! » d'autant qu'en général, on s'amusait à brouiller les pistes en parlant de Meurthe et Mademoiselle !

Alors après la commune de Raon-les-Leau, dans celle contigüe de Raon-sur-Plaine, au sommet de la bosse, les écoliers risquaient de rencontrer le Jules et nouvelle recommandation :

« Ne pas se moquer de ses larges pantalons ; pas comme ces hommes qui font les malins, par crainte de rire jaune quand ils tombent sur l'infatigable séducteur en action ! » Bon, très vite, ils auraient rejoint la rue principale, celle qui dévale en lacets depuis le col du Donon et il ne leur resterait plus qu'à passer en revue les bâtiments officiels, l'école-mairie, la poste, l'église, le presbytère, avant de bifurquer au niveau de l'hôtel de la gare, le bien nommé. Il était le seul survivant des trois établissements, qui à l'époque du tourisme mémoriel, accueillaient les familles venues en nombre honorer les lieux des combats de 70 comme ceux de 14/18.

Bien entendu en septembre 42, avec la frontière qui avait à nouveau fermé les accès aux crêtes, plus personne ne pouvait admettre qu'on avait pu pendant près de 20 ans chercher à fouler les chemins de ronde :

« Qu'est-ce qui les avait poussés ces innocents à vouloir s'introduire dans des ouvrages militaires ? Ils ne savaient pas qu'ils transpiraient la mort, à tout jamais ! Il fallait avoir perdu la tête, comme ces Alsaciens, pour se réfugier dans des lieux aussi pesants » allaient jusqu'à susurrer certains avertis. Les préoccupations de ceux qui, coûte que coûte, se maintenaient dans ce fond de vallée, ne tournaient-elles pas exclusivement autour de la survie, de l'esquive ?

Un mot nouveau résonnait à leurs oreilles : RAFLE… une rafle, oui une arrestation massive avait été programmée à Nancy, au bout de la ligne du chemin de fer ; c'était en juillet ; et c'étaient les policiers qui l'avaient évitée de justesse en prévenant les personnes, dont les papiers avaient déjà été saisis ! Comment ces nouvelles avaient-elles fuité jusqu'au fond de la vallée ? Chut ! Cependant dans ce contexte était-ce raisonnable de faire prendre le tacot à ses propres enfants ?

À l'approche de la gare, c'était la patrouille allemande qu'il fallait redouter. En général, les gardes-frontières étaient présents aux départs des trains comme à leurs arrivées, prêts à arrêter n'importe quel voyageur, au mieux à le rançonner. Marg'ritte savait que ses jeunes prendraient leurs airs d'innocents, bien qu'avec leurs valises pleines à craquer, il leur fut difficile de ne pas retenir l'attention. Une chance peut-être, leur patronyme à consonance germanique… pour une fois, leur « Maurer » pouvait leur rendre service !

Pour finir, mais pas vraiment le cadet de leurs soucis, il leur faudrait trouver une place assise dans le wagon, sinon debout jusqu'à Raon l'Étape, où l'on changeait de train pour la grande ligne ; durée du trajet ? Impossible à prévoir ! Il y avait des raccordements partout, à la moindre scierie ; au moins, ne craignait-on pas de s'endormir, d'autant qu'il valait mieux rester vigilant, prêt à réagir au moindre incident. Ce qui était sûr et certain, c'était que les grandes sœurs, Guitte et Mimi, auraient remué ciel et terre pour être en gare à Nancy et les cueillir dès le quai ; elles les féliciteraient d'avoir déjoué tous les pièges et elles apprécieraient les denrées fraîches, qu'ils leur apportaient : une aubaine !

Frère et sœur avaient promis, juré de ne pas se séparer, pas avant que Marianne n'ait retrouvé au moins une religieuse de son Pensionnat Notre-Dame. Officiellement, l'Institution avait été évacuée de Strasbourg à moins qu'elle n'ait fermé ses portes en catastrophe et que Mattaincourt en Lorraine, derrière les grands murs du couvent de Saint-Pierre Fourrier, ne fut le seul refuge possible pour ces demoiselles. Et quant au petit gars, le Joseph, il poursuivrait vers les Monts du Jura pour arriver à Besançon, à son Lycée ; il était courageux, aguerri aurait-on dû dire, puisqu'on était en plein dans cette guerre interminable, de plus en plus usante.

« Schnell, allez, plus de temps à perdre ! L'horloge a sonné ses six coups : vous ne les avez pas entendus ? » Marg'ritte n'aurait pas voulu brusquer ses petits ; c'était un crève-cœur que leur départ, mais il fallait bien leur assurer des lieux sûrs pour poursuivre des études sérieuses. Comment cet Hitler, ce monstre, pouvait-il, à lui tout seul, détruire l'enseignement de l'Église catholique, sa morale construite de siècle en siècle et particulièrement préservée en Alsace ? Il se disait, et même plus à mots couverts, qu'il traitait les filles et les garçons comme des animaux de laboratoire, tout juste bons à procréer, à se reproduire pour remplacer les mobilisés fauchés dans la fleur de l'âge… Et pour être sûr de bien contrôler la jeunesse, il avait créé les « Hitler's Jugend » et « Bund Deutscher Mädl » avec leur branche tout spécialement pour l'Alsace le « RAD », soit le travail obligatoire dès 17 ans : pas une minute de libre, en uniformes bruns, avec leurs brassards, ils défilaient ! Impossible à confondre avec les mouvements scouts de Baden-Powell, auxquels les siens, aînés en tête, avaient prêté serment.

Le pire était qu'elle ne les accompagnerait pas ses deux petits derniers, même pas jusqu'à la pancarte de fin de leur village. Ils en avaient discuté longuement et ils en étaient convenus : elle ne pouvait laisser la maison sans surveillance ; Joseph et Marianne partiraient main dans la main, sans se retourner, sans perdre les forces dont ils avaient absolument besoin pour leur nouvelle année scolaire, loin de leur très chère Mère, il le fallait, pas le choix.

Marg'ritte avait donc stoppé net à la porte du jardin, comme elle s'y était résignée, et elle avait embrassé à la va-vite ses deux enfants, un « Schmutz » sur chaque joue. Voilà, c'était fait, c'était fini, mais à l'instant fatidique, son fils n'avait pas résisté ; il lui avait glissé à l'oreille :

« Prends soin de toi, ma petite Maman ! Fais attention ! » Elle avait senti qu'elle ne tiendrait pas le coup, qu'elle allait s'effondrer, si elle ne faisait pas immédiatement demi-tour pour disparaître au plus vite dans le couloir de la maison ; elle avait quasiment couru et puis tiré la porte derrière elle, ce qui n'était pas dans ses habitudes. Maintenant, elle était assise dans sa cuisine, la tête entre les mains, le visage noyé, le souffle court et pourtant des pommes de terre l'attendaient sur la pierre de grès de l'évier pour être épluchées, cuisinées, car elle avait un hôte à nourrir.

Si depuis trois jours, elle s'était repliée avec ses enfants dans une seule pièce, c'était parce qu'elle avait dû, une fois de plus, déserter sa chambre à coucher : avec l'aide de ses jeunes, elle avait poussé la commode devant le réduit, qui sous la pente du toit, servait de cache pour les évadés. Sa petite rue, comme tous les chemins qui dégringolaient des hauteurs – et Dieu sait qu'il y en avait des montagnes, en avant plan, en deuxième ligne et en troisième –, avait été repérée par les passeurs, qui livraient des rescapés d'Allemagne : deux, trois coups brefs sur la porte du grenier, il n'était pas rare qu'elle ne fût sollicitée pour une mise à l'abri ; elle savait de quoi il s'agissait et elle ne refusait jamais. Si possible, elle cherchait à ne pas mêler ses proches à ses activités clandestines, mais secret de polichinelle, ils ne pouvaient pas être dupes de ces va-et-vient.

Combien en avait-elle hébergé de ces pauvres bougres, de ces valeureux ? Elle ne voulait pas en faire le compte ; contrairement à certains du village, elle n'en tirait aucune gloire ; elle ne cherchait même pas à connaître leurs péripéties, car moins elle en saurait et moins elle leur ferait courir de risques, estimait-elle.

Aussi était-elle en permanence sur le qui-vive et particulièrement à l'écoute d'un signal, celui de l'accès libre à la gare, car certains jours, les militaires n'arpentaient pas les quais… Alors, il n'y avait plus une seconde à perdre : prêter un vélo à l'hébergé et le pousser à pédaler comme un dératé jusqu'à la sortie du deuxième village, et au-delà, jusqu'à la bosse du Chauffour, où il serait hors de toute vue ; comme à cet endroit les voies frôlaient quasiment la route, il suffisait de sauter sur la plate-forme du dernier wagon ; le train n'avait pas encore accéléré ; conducteur et mécanicien étaient de mèche devrait-on dire ; au rescapé de tenter sa chance, tandis que la bicyclette, jetée sous un buisson, serait récupérée dès le lendemain.

Elle était tourmentée ce matin, notre Marg'ritte, et plus l'esprit à se consacrer toute à ses enfants, comme elle aurait dû le faire ; elle venait de les expédier sans ménagement vers un voyage, où il leur faudrait du sang froid et elle, elle ne pourrait que se couvrir de reproches, si par malheur ils n'arrivaient pas à bon port. Décidément, cette guerre lui mettait les nerfs à vif : pauvre femme seule et bien seule dans cet exil, désormais loin de tous les siens, quels que fussent leurs bords.

Allez, finis les gémissements ! Un grand torchon pendait le long de l'évier, elle n'avait qu'à tendre le bras et essuyer les verres de ses lunettes. Sa vue retrouvée, elle fit le tour des quatre murs de sa cuisine et bien entendu son regard resta accroché au petit bouquet, exposé dans la niche du vaisselier.

« Colchiques dans les prés fleurissent, fleurissent… » C'était la voix de sa Marianne qui réenchantait sa mémoire, aussi claire qu'avant-hier, quand la jeunette avait appuyé avec mélancolie sur le vers final « C'est la fin de l'été ». Tout était dit, ou presque, car en exhibant les délicats calices violets cachés derrière son dos, elle avait réussi toute tremblante à prononcer :

« C'est pour mon cher Papa ! »

Elle avait couru jusqu'au bord du petit Réquival, où elle avait ramassé tout ce que ses mains pouvaient contenir de fleurettes ; elle leur avait ajouté les feuilles jaunissantes du hêtre pour une harmonie parfaite des couleurs : les pistils n'étaient-ils pas orange vif ? Alors mère et fille avaient choisi un vase de la faïence de Lunéville, d'un blanc pur ; avec sa taille étranglée de dame de la Belle époque, il avait tout pour plaire et contenir la composition, désormais bien en vue dans la cuisine. Car Fi-fille savait fort bien qu'elle ne serait pas là, le dix du mois prochain, jour anniversaire de la mort de son père… Mais au fait, qui serait présent au cimetière auprès de ce corps enterré depuis onze ans en Alsace ?

Fritz, le beau Frédéric aux larges épaules, à la moustache cirée relevée en guidon, était parti à la chasse, comme toujours avec son copain bien en chair ; il était habillé de pied en cape : chapeau de feutre, veste cintrée soigneusement boutonnée, knickers, guêtres – une photo au mur de la salle à manger en témoignait – et pourtant il s'était fait piquer à la nuque par un insecte et le bouton avait rougi, avait gonflé, avait suppuré et en quelques jours, une forte fièvre l'avait emporté, lui l'homme robuste, qui avait épousé celle qu'on disait faible, sa Marg'ritte… Même pas de pénicilline pour le soigner, elle était réservée aux militaires ! Ce drame s'était déroulé en quelques jours seulement, de l'autre côté de la montagne, dans la forêt non loin du Rhin, là où la grande famille Haasser croissait et se multipliait, du moins le croyait-elle, tant elle était confiante en sa foi en Dieu, en Jésus Christ, en la communion des Saints, en la Sainte Église Catholique !

2

Souffloum, un bon gros bourg qui demande du souffle pour être prononcé et encore plus quand il s'agit de son nom au complet : Soufflenheim ! Attention, bien inspirer, faire provision d'air et expulser le « Heim » final, qui se traduit par Foyer. Les ancêtres, aussi loin que l'on pouvait remonter dans la mémoire de Margareta, habitaient ce village de potiers, dont les maisons de poupées s'alignaient le long de la rue principale : toits pointus recouverts de tuiles, colombages noircis par les ans, chaux peintes, à chaque pignon sa couleur vive ; elles se serraient, perpendiculairement à la route, un simple potager les séparant les unes des autres. Elles avaient été construites par ceux qui façonnaient la terre avec leurs mains, et qui la cuisaient dans leurs fours mais chacun chez soi, surtout pas au vu et au su de tout le monde : quel mystère cachaient-elles ? Le privilège accordé par l'Empereur Barberousse au seizième siècle d'extraire la terre glaise de la Sainte forêt Arbogast de Haguenau ? Il était transmis aux mâles, de chef de famille en chef de famille, comme chez les Lehman, Siegfried, Friedmann et les Elchinger… C'est dire s'il y avait de la tradition en ces lieux, placés sous la protection du St Michel, patron de l'église édifiée sur son Mont au cœur du bourg, eh oui, alsacien celui-là.

Eugénie née Haasser et Joseph Haasser – on ne pouvait se tromper de lignée – venaient d'agrandir leur famille : une nouvelle née le 27 février 1888, nommée Margareta, une fille, après deux garçons. Aussi furent-ils félicités pour le choix du roi, sous-entendu leur fertilité, ainsi que pour la mission, qu'ils étaient en train d'assurer correctement : faire prospérer l'entreprise du Père Antoine Haasser, qui n'avait pas craint de se lancer dans l'industrie. L'homme était voiturier, il était avisé et il avait remis entre les mains de ses deux fils, Louis et Joseph, une affaire en plein développement, à léguer à leur tour. Oh ! Sa femme n'en était qu'à sa troisième grossesse ! Cinq autres prétendants allaient suivre à la file, à un an, à la rigueur deux ans d'intervalle ; plus de doute, la relève serait assurée.

Le chef de famille était donc totalement investi dans la fabrication des briques, dans une usine implantée le long de l'Eberbach, la rivière, qui au cœur du village offrait tout à la fois l'énergie de son cours d'eau et des prairies pour nourrir les chevaux ; double avantage, pour qui devait produire plus, toujours plus, car le marché était porteur en cette deuxième moitié du dix-neuvième siècle : les maisons en briques pour construire plus vite, le corps des « Karlof » pour assurer un chauffage plus efficace, mais aussi et surtout les fours des boulangers, des taverniers et en premier lieu ceux des potiers. Comme les puits, creusés sous des mètres de sable, pour atteindre le niveau de la terre glaise réfractaire étaient en nombre limité, il avait fallu ouvrir une carrière à ciel ouvert, carrément, d'où l'on pouvait pelleter en quantité la précieuse ressource. Ensuite les blocs pourrissaient à l'air libre pendant 8 saisons, avant d'être tranchés, modelés par les employés. Viendrait enfin le jour où cette production serait enfournée et chauffée à 1000 degrés. À partir de 1905, puisqu'ils étaient à l'affût du moindre progrès technique, Louis et Joseph avaient expérimenté le gaz, dans le tunnel Hoffman à feu continu, le premier de la région ; désormais, la haute cheminée crachait, nuit et jour, sous la responsabilité de l'Alys Stiekleriesser.

Cependant, les deux patrons Haasser n'en resteraient pas là : ils étaient curieux et le Dr Allot, qui parcourait le village en long, en large et en travers avec son automobile – c'était par ailleurs lui qui avait créé la cure et ses bains de pied selon la méthode Kneip – n'avait pas manqué de les séduire. Pourquoi ne pas remplacer les chevaux par des chevaux-vapeur et pour commencer par les locomotives ? Faire arriver les rails des chemins de fer au village et charger les wagons avec leurs produits manufacturés, mais en attendant ?

Entre les murs du salon, les discussions allaient bon train – le cas de le dire ! – car une fois produites ces fameuses briques, busettes et viroles… il fallait les vendre, les écouler et la débandade de Sedan, celle de septembre 1870, avait rebattu les cartes du commerce ; plus question de regarder vers l'ouest, de penser aux Expositions Universelles de Paris, même pas à celle de Nancy qui attirait tant de nouveautés : les Hauts Fourneaux de la Ruhr devenaient leurs seuls et uniques clients ! Par bonheur, leur demande était forte, quasi insatiable, tant ils produisaient sans relâche et atteindre le Rhin pour embarquer les cargaisons sur des barges était impératif, alors on se réconfortait :

« Que ça rutsch sur le grand fleuve impétueux, qui coule vers le nord, l'Alsace est sur le bon versant ! » Et Eugénie dans son coin de hocher la tête : elle savait pertinemment que ses hommes n'avaient pas le choix ; ils devaient allégeance à l'empereur Guillaume II, ils avaient changé de Maître : pieds et poings liés qu'ils étaient ! Et encore heureux que leur production ait échappé à la réquisition, aux livraisons forcées, même si à l'approche de la Première Guerre mondiale, le ton s'était durci, très nettement ; il fallait plus que jamais ne pas hésiter à faire plaisir, bien sûr en toute discrétion.

Ce n'était pas tout : Joseph et Eugénie Haasser avaient dans leurs têtes la construction d'une maison pour leur famille ; leur propre jeunesse avait été gâchée par la guerre de 70, du coup ils ne pensaient qu'à du solide et puisqu'ils disposaient de briques à volonté, autant les utiliser, en commençant par se servir soi-même et bâtir au débouché de l'entreprise, en avant plan de la grande cheminée. Ainsi plus personne ne pourrait ignorer leur réussite et un balcon au premier étage serait la démonstration suprême, car au village, à une exception près, aucune construction ne possédait une telle avancée, même pas les bâtiments officiels !

Leur demeure comportait donc un étage, dont les cinq ouvertures étaient parfaitement alignées sur celles du rez-de-chaussée ; de lourds volets de bois, peints en blanc, faisaient ressortir la couleur rouge-brique de la façade ; la porte d'entrée, sur un perron central surélevé, était entourée d'un encorbellement métallique ; très travaillé, il était destiné à protéger des intempéries les quelques marches d'accès, mais encore plus à soutenir par un jeu audacieux de poutrelles, le célèbre balcon de la chambre des parents ; les manchons, qui l'encadraient à ses deux extrémités, permettaient de planter des drapeaux et ils flottaient au vent, pour saluer les grands jours : les « Mesti » de toutes les Sociétés que le Père finançait généreusement, les fêtes religieuses, auxquelles la Mère tenait par-dessus tout, mais jamais, au grand jamais, n'avait été hissé le drapeau de l'aigle. Un oubli ?

Cette attitude était osée et elle faisait jaser, au point que certains pouvaient aller jusqu'à soupçonner un manque de loyauté chez Herr und Frau Haasser. Or chacun savait ce qu'il pouvait en coûter : quitter le « Heim » définitivement, comme ces « optants » qui avaient été plus ou moins poussés, de leur plein gré, à faire leurs valises pour la France, à la suite du traité de Francfort en 1871. Alors que pensaient dans le fond de leurs cœurs ces authentiques Alsaciens ? Ils semblaient tellement à l'aise avec leur dialecte, qu'ils ne devaient pas savoir prononcer un traître mot de français ! Eh bien détrompez-vous : Père et Mère avaient appris à parler le Français avant l'annexion ; bien entendu, leurs phrases étaient laborieuses, camouflées par un lourd accent, mais ils y tenaient et quand chez eux, ils faisaient la récréation, ils entonnaient « C'était un soir la bataille de Reischoffen… » avec un R bien roulé ; immédiatement les petits accouraient et ils défilaient sabre au clair, sifflet de terre à la bouche. L'attaque des Français contre les Prussiens, qui entre parenthèses s'était rapidement soldée par une défaite minable, n'était pas du meilleur goût, mais peu importait ; on était là pour s'amuser et Mère avait pris place au piano, tapant comme une forcenée sur les touches noires et blanches.

Encore plus troublant : les parents avaient inscrit leurs trois filles à Ste Philomène de Haguenau, un établissement d'enseignement tenu par les sœurs de la Divine Providence de Ribeauvillé. À première vue, rien d'étonnant pour garantir à leurs jeunes filles une solide éducation religieuse et tant pis si ce choix leur coûtait beaucoup d'argent ; toute la famille truffée de prêtres et religieuses approuvait. Mais s'il y avait au programme de cet établissement l'apprentissage de l'Allemand, le « Hochdeutsch » prononcé de façon noble, pointue, « spitz », à la prussienne, il y avait aussi le Français des Grands Auteurs ; ce dernier était enseigné plus ou moins en cachette, d'où son attrait encore plus grand aux yeux des jeunes filles. Personne cependant pour imaginer que la langue de leurs ancêtres leur rendrait le plus grand des services, quand l'Alsace serait libérée du Reich en 1918 et quand en 1939, toute la famille devrait s'exiler au pays des « Voges'pattes » : leur Français pur jus ou d'emprunt, peu importe, serait enfin pratiqué librement.

Pour l'heure cependant, ces bouleversements de l'ordre mondial étaient inconcevables et mieux valait se concentrer sur le confort, partout dans la maison : pour l'éclairer des lampes à huile, au pétrole, au gaz, pendues, posées, transportées, dans une gamme plus ou moins facile à manipuler, mais en général recherchée ; pour chauffer du sol au plafond l'indispensable « Karlof » qui se chargeait discrètement depuis la cuisine ; le leur, avec ses carreaux rayonnants, fabriqués-maison bien entendu, était particulièrement orné et grâce à sa taille il diffusait non seulement dans tout le rez-de-chaussée mais aussi par la cage d'escalier jusqu'à l'étage ; il avait trouvé sa place dans le premier coin du salon, ce qui invitait à s'y adosser, à s'y asseoir pour se revigorer dès son arrivée. À Madame maintenant les finitions dans le respect des traditions.

Au fond, la cuisine qui devait être équipée comme il se devait de pots, de cruches, cruchons, plats, terrines de qualité, en terre vernissée de Soufloum ; les conseils de la bonne Élise avaient été écoutés et les filles avaient accompagné leur mère chez les potiers : l'occasion d'une leçon pour elles trois. Inutile cependant de s'attarder sur un moule à « Kougelhopf » ; le sacro-saint faisait partie de toute éternité de l'équipement de base pour faire chanter la pâte dès qu'on y enfonçait la levure ; idem pour les deux coques de l'agneau pascal, dans lesquelles, d'un tour de main, les ingrédients du léger biscuit étaient coulés. Notre maîtresse de maison pensait n'avoir rien oublié, d'autant qu'elle avait craqué auprès d'un ambulant pour deux cocottes en fonte de dernier cri !

En ce qui concernait la salle à manger, il y fallait une grande table rectangulaire où chacun des dix, des onze avec Élise, y aurait sa place assignée sur de lourdes chaises assorties ; et dans le vaisselier, seraient exposés vases, boîtes en faïence, voire en porcelaine, des spécimens rares, collectionnés au fil des ans – rien à voir avec la terre, trop vulgaire ! – Mais où placer l'horloge ? Celle-ci était l'œuvre du célèbre Herborth qui apportait le « Jugendstill » du pays de Bade à l'Alsace en passant par le Brésil ! Au-dessus du cadran qui égrenait les heures, les minutes, deux femmes emballées dans leurs longues robes – mère et fille ? – s'appuyaient l'une sur l'autre dans une attitude profondément mélancolique ; un modelage en terre émaillée dans les tons gris/bleus, tout à l'honneur de l'artiste, qui était reçu en grande pompe, à chacun de ses passages dans la région. Comme il s'agissait de ne pas de le vexer, il fallait trouver à cette folie l'emplacement le plus en vue : alors au salon ?

La grande pièce de la maison était déjà pleine à craquer, car outre le poêle de masse, y étaient installés une grosse armoire aux portes sculptées, débordante de nappes brodées et de draps, l'ensemble canapé-fauteuils, le bureau et le piano droit… Bon, la sculpture finirait bien par trouver sa place, car en définitive elle n'avait besoin, pour faire son effet, que d'un petit pan de ces murs recouverts du velours vert sombre à la mode !

Maintenant l'étage ! Les garçons et les filles y étaient séparés par la chambre des parents, bien positionnée au milieu – pas de mélange des genres – et dans chacune un meuble de toilette avec miroir, cruche à eau et bassine ; les pots de chambre étaient dans les tables de nuit, toujours en faïence décorée, et bien entendu les lits à montants métalliques étaient ornés de boules de cuivre. Tout était en ordre mais bon, les étrangers n'étaient pas invités à monter et il valait mieux, car côté gauche, c'était le foutoir ! Impossible de discipliner les garçons qui n'arrêtaient pas de se vautrer, comme cet après-midi encore où ils s'étaient roulés dans l'herbe avec les chevaux, puis trempés dans la rivière en chemises et culottes, avant de remonter tous mouillés dans leur chambre. Margareta avait eu beau leur crier dessus, ils ne lui obéissaient pas et de pire en pire, depuis qu'Aloïs et maintenant Julien disaient souffrir de crampes dans les cuisses, dans les mollets : il ne fallait plus les toucher.

Comment en parler aux parents ? Ceux-ci n'étaient ni sourds ni aveugles mais la grande sœur n'avait qu'à… trouver la solution ; c'était son rôle de surveiller les jeunes. Alors s'enfermer dans sa chambre, avec ses deux sœurs, lui offrait le répit indispensable ; l'aile droite de la maison était calme et toutes les trois, elles pouvaient s'y mettre à l'abri : elles avaient tant à partager ! La plus jeune, leur petite Julie, d'un tempérament bienveillant à souhait, quasi illuminé, s'était mis en tête de recueillir les pensées, que chacune de ses préférées saurait lui livrer et elle cachait sous son matelas, un petit livre de poésie, rempli de bonnes intentions.

Margareta n'avait pas été invitée à s'y exprimer – elle manquait peut-être de fantaisie –, mais Eugénie avait ouvert le ban et elle s'était lancée dans une ode à la liberté, en allemand, ça faisait plus sérieux. Elle avait opposé « das herbe Wort, du musst » à « das stolze Wort, ich will », un jeu entre le « tu dois » au sens de c'est une obligation absolue, et le « je veux », je suis libre et j'en suis fière : quelle audace, déjà philosophe, la seconde ! Quatre amies s'étaient appliquées à reprendre le « Je ne sais pas rimer, la rime est difficile mais je sais t'aimer, c'est bien plus facile », ô combien banal, mais qui coulait de source en français ! Des créations plus personnelles avaient été risquées, jamais en alsacien – par écrit le dialecte était interdit, même s'il aurait su exprimer la tendresse en toute simplicité – ; certaines étaient allées jusqu'à réaliser des illustrations, des fleurs de pays, collées ou peintes, voire simplement crayonnées, un vrai trésor que le trio ne se lassait pas de feuilleter :

« Un nouvel écrit, aujourd'hui ? » Pas forcément mais relire faisait tant de bien ; on pouvait tout oublier, même les ennuis de santé, qui cependant ne s'arrêteraient plus à la porte de leur chambre.

Pour commencer, il avait bien fallu admettre qu'Aloïs était rarement en forme : grandissait-il trop vite ? Les jambes de l'adolescent ne suivaient pas le poids de sa croissance, bien au contraire, elles s'affaiblissaient au fur et à mesure, au point que sa Mère, le Père, sa Marraine avaient maintenant chargé toute la fratrie de prier le Bon Dieu ; pour s'assurer qu'ils adressaient au ciel des suppliques efficaces, ils rassemblaient leurs enfants tous les soirs dans leur chambre, à genoux au pied du crucifix, mais c'était sans résultat ; manifestement, ce n'étaient pas des simagrées et les accès de colère de l'aîné le confirmaient.

Alors, en parler à l'oncle Curé, et au confesseur : un Conseil s'était tenu au salon, à la suite de quoi, la famille avait décidé de participer aux pèlerinages de Mariental le plus proche, puis du Mont Sainte Odile, sur les premiers contreforts des Vosges, à l'aplomb de la plaine d'Alsace. Là-haut, il y avait une source, certes pour guérir les yeux, mais il fallait faire confiance : il était écrit dans les évangiles, que des foules immenses étaient venues à la rencontre du Christ pour appeler le miracle, l'exiger et il se produisait ! Et les Saints ? Fallait-il en venir à les imiter : se flageller, faire couler son sang ? Dans les bas-côtés de l'église St Michel, devant les statues, qui sortaient de l'ombre, les unes plus évocatrices que les autres, on pouvait faire brûler des cierges pour les implorer, faire des dons… mais à quel Saint se vouer ?

Les parents avaient placé chacun de leurs enfants sous la haute protection de figures exemplaires. Ils avaient jeté leur dévolu, non pas sur les apôtres – ils n'étaient pas à la mode – mais sur des personnalités de haute stature, qui avaient marqué leur époque et déjà porté chance à leurs ancêtres ; étant les fruits des deux branches Haasser, ils s'étaient sentis rassurés d'opter pour les prénoms des parents, qui seraient ainsi désignés comme les secours officiels d'Aloïs, Charles, Marguerite, Joseph et de reprendre pour le numéro six, le masculin d'Eugénie, qui était la quatrième, donc Eugène, avant de récidiver avec Julien et Julie, les deux derniers, respectivement septième et huitième. Alors pourquoi leur descendance était-elle la cible de tant de malheurs ?

Ils avaient fini par consulter le médecin mais il n'avait rien vu d'autre à prescrire que des tisanes avec peut-être des baies de cornouiller à ajouter aux orties : « De Bruder » en avait bu des litres, qui lui avaient occasionné des catastrophes au lit, rien de mieux ; on n'allait pas expérimenter les larves d'insectes, les peaux de serpent, tout de même pas ? Tiens, la dame de Pfaffenhoffen, celle qui portait la coiffe traditionnelle… elle avait une réputation controversée mais pourquoi pas ? Elle apposait les mains, elle sentait le feu, elle savait guérir, professait-on ! Mais on perdait son temps. Il ne restait plus que l'hôpital ; il était à Haguenau, il était militaire, et après tout ? Notre bon Aloïs en ressortit avec des cataplasmes, des bandages de plus en plus enveloppants, de plus en plus serrés, puis une canne, et puis deux. Pauvre frérot !

À présent, c'était Margareta, qui avait tout le temps mal au ventre, comme si elle était prise sous le nombril. On finit par diagnostiquer des crises d'appendicite à répétition, sans apaisement malgré les tisanes – toujours elles –. Alors puisque le contact était assuré avec l'hôpital, on la mit entre les mains d'un chirurgien militaire, qui l'opéra : une première pour lui et un exploit pour le village ! Décidément, les parents étaient prêts à tout, même à une grande balafre sur le ventre de leur jeune fille ! Mais comme si cet épisode n'était pas suffisant, troisième source d'angoisse au sein de la famille : Julien, le plus jeune garçon semblait suivre le même chemin que l'Aloïs.

« Oh ! Non ! Ça ne va pas recommencer : il n'a même pas dix ans ! » On s'affola, on courut tous azimuts : la science avait dû évoluer, la médecine progresser comme pour leur grande fille et on n'allait pas attendre, on allait s'y prendre autrement, bien plus tôt. Mais une fois de plus, on buttait et le petit souffrait et les filles cherchaient à mieux réussir qu'avec Aloïs : inutile de le forcer avec ces « Hop-là » agaçants ; ils ne l'encourageaient pas à se lever, pas plus qu'à marcher ; les sœu-sœurs tiendraient donc leur petit Julien, le plus qu'elles le pourraient, par le bras, sous le bras, dans leurs bras.

Et sans qu'on n'y prît garde, au milieu de ces alertes, qui avaient envahi le quotidien familial, transformé l'atmosphère, Margareta et Eugénie étaient devenues femmes : elles avaient toutes les deux franchi la barre des vingt ans et elles n'étaient pas fiancées, toujours pas promises ; bientôt, elles coifferaient Sainte-Catherine ! Et pourtant, elles avaient de l'expérience, particulièrement l'aînée qui était quasiment une seconde maman. Pour Julie, la question se posait différemment ; il suffisait de prêter attention au « Gott sei dank ! » qu'elle adressait, yeux révulsés au ciel, à la fin de chaque phrase : « Dieu soit remercié… soit loué ! » L'interjection traduisait sa vocation pour la méditation, le recueillement auxquels elle désirait tant consacrer toute sa vie.

Et le jour arriva, celui où Père et Mère tranchèrent : plus question d'entendre leurs demoiselles se faire traiter au village de vieilles filles, de presque demeurées « Donner Vetter » ! Ils leur ordonnèrent de se faire belles et de rejoindre leurs frères au salon. Elles choisirent, l'une comme l'autre, leurs plus beaux atours, ceux que la couturière venait de leur confectionner, soit pour chacune d'elles une robe, dont le haut à manches longues, gonflantes, était boutonnée dans le dos et enfermait le cou jusque sous le menton ; un plastron, somptueusement brodé, recouvrait la poitrine ; autour de la taille pour l'affiner, une ceinture nouée dans le dos et pour rallonger la jupe jusque sous les mollets, un volant. Elles étaient prêtes à se faire applaudir en tournoyant au milieu d'eux tous, quand elles pénétrèrent dans le salon et qu'elles découvrirent, ce que la plus âgée n'avait pas anticipé, que la famille Maurer avait été conviée.

Sans attendre que Margareta eût réalisé que le Fritz les accompagnait, leur fils aîné s'était précipité, une petite boîte rouge cachée au creux de sa main, et il était tombé à ses pieds. Elle en fut sidérée, devint aussi blanche que son corsage et empoigna le poignet de celle qui était restée à ses côtés, sa chère petite Julie, qui en profita pour déclarer qu'elle, elle s'engageait à s'occuper de ses deux frères, leur vie durant : on pouvait lui faire confiance !

La réunion prenait une drôle de tournure : les parents, qui avaient affiché une mine contrariée, avaient quitté leurs fauteuils et fait signe aux quasi-beaux-parents de les accompagner ; drapés dans leur dignité, les deux couples étaient sortis du salon pour gagner la salle à manger, mais les deux promis étaient restés cois, plantés là, avec le reste de la famille, jusqu'à ce qu'ils finissent par apercevoir les verres remplis à ras bord, en attente sur la table, de l'autre côté du couloir ; ils suivirent le mouvement et l'on trinqua ;

« G'sund'heit, Santé », et l'on insista pour que Margareta regardât son futur droit dans les yeux en choquant leurs deux coupes de cristal. Alors sa Mère la serra dans ses bras et la future Belle-mère en fit tout autant et la jeune femme fut félicitée, notamment par sa chère sœur Eugénie, qui faisait bonne figure mais qui dans le fond, ne savait pas si elle devait l'envier.

La bague était toujours dans sa boîte, et la soi-disant fiancée n'avait qu'une envie, une seule, celle de s'éclipser dans la chambre de son enfance, se croyant capable de tourner les talons comme elle le faisait les jours de grande fâcherie avec ses parents. Cependant, les Pères veillaient ; ils l'avaient à l'œil et il lui faudrait subir, ou plutôt tenter d'engager la conversation dans son allemand le plus distingué : inutile de se faire confirmer l'identité du Fritz Maurer, celle de ses parents, leur domicile, c'était sur la place publique, mais son âge, ses projets ? Le jeune homme, par ailleurs un peu réservé, lui aussi intimidé, comprit qu'il devait lui présenter un siège, et après quelques hésitations, tous deux s'assirent côte-côte, en bout de table ; ainsi réussirent-ils à échanger deux mots, une phrase, puis deux : la glace était rompue, l'assistance prête à applaudir à la suite de Julie, qui s'enhardissait de plus en plus, pour soutenir cet amour naissant.

C'était oublier la mère du Fritz : Anna Hellenbrand, la célèbre « Feu d'enfer » – son nom de jeune fille, littéralement traduit – trop impatiente de jouer sa propre partition, elle vint à l'assaut de la future et la prenant par les épaules, lui fit valoir qu'elle avait apporté à un bijoutier un anneau ancien, en or pur, ainsi que le diamant d'une boucle d'oreille – plus exactement le brillant – ; c'était cette merveille, qui était enfermée dans la boîte maintenant posée sur la table et elle la lui passa au doigt, à l'annulaire de la main droite, comme en Sarre, dès qu'on était fiancée, en s'exclamant :

« Elle jette les éclats de mille feux, vous ne trouvez pas, tous les deux ? » Tant de culot laissa les jeunes, bouches bée : que leur restait-il à faire ? Tout, absolument tout, tout à apprendre car Margareta était d'une ignorance crasse. Naturellement, elle avait toujours vu ses petits frères courir nus pour provoquer leurs sœurs dans des jeux de pompiers ; elle n'ignorait rien de l'anatomie de ces jeunes mâles, mais la sienne… Leur Élise avait bien commencé à soulever le couvercle de la marmite dans sa cuisine, où l'on pouvait causer de tout et de rien, mais avec prudence ; au restaurant de Caroline Brotschi, où la demoiselle donnait des coups de main et où elle avait entr'aperçu son présupposé, des gloussements lui avaient laissé entendre qu'il y avait des secrets d'alcôve… mais quel rapport avec le devoir conjugal, dont lui parlait sa Mère ? Et ce n'étaient pas ses enseignantes de Haguenau qui auraient pu la déniaiser, bien au contraire ; il fallait être pudique, loin de toute curiosité, de toute tentation lui avait-on professé, et pourtant elle allait être mariée avec ce Fritz, qui se montrait ferme dans ses décisions : même s'il avait entendu parler au village de la grande cicatrice sur le ventre de la demoiselle, de sa santé flageolante, il avait déclaré et redit en toute inconscience :

« Même malade, je la veux ! » Donc ce serait lui et ce serait elle.

Ainsi Margareta fut-elle enlevée à sa famille mais après le mois de mai, celui de la Vierge Marie, dont elle honora la virginité en érigeant son dernier reposoir immaculé, qui fut encensé par les processions du village. Les noces se déroulèrent dans le bon ordre : en premier lieu, en Mairie puisqu'il y avait obligation, édictée par Bismarck, d'une cérémonie civile, avant de pénétrer dans l'Église pour la véritable union. En 1911, Margareta avait 23 ans, son Fritz 30. Un photographe fut missionné pour enfermer dans sa boîte l'assemblée, installée sur trois rangées de bancs, autour des mariés et de leurs parents, tous les membre de la même famille du même côté. Bien entendu les mises au point réclamèrent une bonne heure mais le résultat en sépia put être tiré en plusieurs exemplaires : les hommes portaient leurs chapeaux-hauts-de-forme, les femmes avaient des délires de plumes sur la tête – la Brotschi carrément un nid d'oiseau – les deux époux, quant à eux, étaient en mariés bien comme-y-faut, lui ajusté dans sa jaquette, qui laissait voir son gilet et sa chemise au col cassé et elle avec ses cheveux longs relevés en couronne sous son long voile pour recouvrir sa guimpe et sa robe de dentelles : parfait, une nouvelle ère s'annonçait et Margareta porterait désormais le nom de Marg'ritte Maurer, plus efficace, plus expéditif aussi.

3

C'était la photo du mariage, « d'Hochzit », qui était accrochée, joliment encadrée, au mur de la petite salle à manger vosgienne, au côté de l'immense alphabet (0,70/0,80 centimètres) en lettres majuscules et minuscules, brodées en fil rouge ; tiens, ne manquaient-ils pas les I et les W, non, ils n'avaient pas été oubliés ; encore un particularisme mais peu importait, seule comptait la signature Margareta Haasser, 1900 Soufllenheim. Ce canevas aurait mérité toutes les attentions, si dans cet improbable musée, il n'y avait eu les trophées de chasse et comment faire contrepoids à l'impressionnant coq de bruyère ? Objet de tous les cultes de son Beau-Père Ambrosius Maurer, il trônait, plumes en éventail, yeux perçants, bec crochu, griffes agrippées à la section de tronc qui lui servait de perchoir : une véritable mise en scène pour le héros, plus exactement la victime de l'Empereur du Reich.

Wilhelm II en personne était venu chasser dans la Sainte forêt de Haguenau, à l'occasion d'un déplacement à Strasbourg : pas besoin de longs discours pour le « Reviersförster » qui faisait partie du contingent des colonisateurs venus de la Sarre, sa carrière, sa survie, celle de sa famille étaient en jeu ! Certes à partir des deux maisons forestières, qui lui avaient été allouées successivement, il s'était imposé auprès de ces Haasser, à qui il vendait des stères et des stères de bois et jusque-là il n'avait pas eu de souci à se faire ; il avait même élevé trois solides garçons qui étaient une belle promesse d'avenir, y compris le Max ce sacré blagueur, dont il fallait se méfier : facilement facétieux, son dernier était allé un soir de brouillard, jusqu'à faire croire qu'il portait le Saint Sacrement à un mourant, en se revêtant d'une longue cape et en faisant sonner une clochette ; les villageois s'étaient signés sur son passage ! Pas très glorieux, mais passons…

Cette fois, le fonctionnaire devait apporter la preuve de ses capacités par une démonstration d'un niveau supérieur, magistral et il eut la « schnaps idée » de faire abattre le plus beau rapace qui survolait son territoire ; puis il demanda à un dégourdi de se poster avec la proie enfermée dans une toile de jute, sur la branche du pin vers laquelle le tir impérial serait orienté : bien vu ! Sauf qu'à l'instant où Sa Majesté pointa son canon sur le gosse, le petit gars fut tellement impressionné qu'il lâcha le coq de bruyère dans son sac… Total loupé ! Sur qui la sanction allait-elle s'abattre ? La légende ne le disait pas, mais l'empaillé faisait désormais partie des meubles et même si Marg'ritte n'était pas totalement rassurée par le regard aiguisé du volatile, elle n'avait pu faire autrement que d'embarquer l'oiseau dans le déménagement et de l'installer à l'honneur.

Ainsi notre petite Dame Maurer s'était-elle enfoncée dans les méandres de sa mémoire, et à son âge, la cinquantaine, elle en avait déjà vécu des vertes et des pas mures ; elle n'était pas sur le point de mettre fin à ses divagations, tant ces souvenirs peuplaient sa solitude. Bien sûr qu'elle avait suivi son Fritz, « Steurer Kontroler » à Sarreguemines, du temps de la Moselle devenue allemande aux mêmes dates que l'Alsace, pour une fois ! Ensuite avec du gallon, il était devenu Inspecteur des

Impôts à Strasbourg, du temps de la France, autre aventure, et puis veuve malheureusement ; Marg'ritte avait élevé ses cinq enfants, courageusement, se rendant tous les matins à la messe, pour entendre les voix du Seigneur, trouver la voie, elle avait même découvert, au sein de la paroisse, les louveteaux, les scouts, qui allaient enthousiasmer ses garçons puis ses filles… mais qu'est-ce qui frappait à ses tympans ? Des pas lourds martelaient la route qui passait devant ses yeux !

Au vu de leurs bottes de cuir, de leurs uniformes Feldgrau – rien à voir avec le kaki – elle identifia immédiatement les gardes du IIIe Reich : ils se dirigeaient vers le centre du village. Elle les apercevait de dos, fusils à l'épaule et ils venaient de stopper net au carrefour de leurs trois maisons. Si deux de ces anciennes fermes, dont la sienne, avaient pignon sur rue, la troisième, celle des Parisse, écrasée par son toit, était protégée par un alignement de pierres dressées, quasi préhistoriques ; son entrée principale se faisait en contrebas mais à ce niveau de la rue, un accès à la grange avait été aménagé grâce à une ouverture en chien-assis – toujours ce souci de rentrer le bois, le foin, etc. – À quelle porte ces militaires avaient-ils décidé de frapper ?

Marg'ritte fut prise de panique et comme elle était certainement bien en vue derrière sa fenêtre, elle quitta précipitamment sa chaise, pour se glisser le long du mur, dos contre sa pierre de grès ; mieux valait faire croire que sa maison était vide et puis de cet endroit stratégique, elle ne manquerait pas de garder un œil sur la scène : c'était vital ! Elle finit par se rendre compte que les mastodontes s'intéressaient à la façade des Battelot, qu'ils examinaient de haut en bas : fenêtres et portes étant closes, celle de la grange, comme celle de la cuisine, elle pouvait se sentir soulagée, quoique… Ils se mirent à crier, vraisemblablement un ordre. Son cœur se remit à battre fort, quand la Germaine apparut sur le seuil de sa porte :

« Qu'est-ce que vous m'voulez ? leur hurla-t-elle.

— Battelot, Herr Battelot, qu'ils répondirent.

— Qu'est-ce que vous dites ? » Apparemment, elle n'était pas prête à se laisser intimider ; elle était déterminée à faire front ; elle cherchait même à faire monter le ton et effectivement l'Alice, qui était sortie de son antre, intervint comme pour lui porter secours :

« Qu'est-ce qu'y t'veulent ?

— J'y comprends rien à leur charabia : tu peux m'aider ? »

La troisième voisine, Madame Maurer, aurait dû rester en dehors de cette histoire, d'autant qu'elle hébergeait un évadé, mais sans réfléchir, elle avait bondi hors de sa maison, elle aussi, et elle avait rejoint le groupe.

Il y avait à présent trois hommes et trois femmes qui brayaient sur la placette et qui avaient alerté, plus bas, les Prône et les Bachère et au-dessus le couple Haucouturier ; tout le quartier était en émoi, plus personne n'avait conscience du danger : Rien à foutre ! Ils faisaient bloc !

Un de ces inquisiteurs brandit alors la pointe de son fusil vers la maison Battelot, mais la Germaine, debout dans l'encadrement de sa porte, bras croisés, ne s'en laissa pas conter pour autant ; sans broncher, elle continua à s'égosiller, tout en se frappant la poitrine :

« Schirmeck, mes bêtes, moi, la mort : tous les mêmes, ces boches ! » Sa provocation était manifeste ; elle était allée jusqu'à oser prononcer le nom du camp de redressement, celui qui était juste sur l'autre versant des Vosges, le long de la vallée de la Bruche, en Alsace. Il était l'obsession de tout un chacun ici ; n'y embarquait-on pas les récalcitrants, sans leur laisser le temps de crier gare ? Tiens, le jeune fiancé de la Madeleine, dont on n'avait plus de nouvelles : où était-il passé ? Elle était gonflée, la Germaine et elle ne désarmait pas, plus rien ne l'arrêterait ! Et pourtant malgré sa bonne constitution, elle ne ferait pas le poids, si elle les énervait outre mesure. Heureusement que celui qui avait cru bon de faire monter la pression abaissa son arme et après avoir craché par terre, contrairement à toute attente, fit signe aux deux autres de reprendre leur route : il devait être le chef ! Ouf, ils avaient lâché prise, mais quand ils furent arrivés en bas, à la fontaine, ils se retournèrent et s'écrièrent :

« Raus ! » Un mot qui claqua aux oreilles des femmes et manqua de les assommer, car elles avaient désormais toutes les raisons de craindre le pire ; qu'allaient-elles devenir à la prochaine incursion des maîtres du pays ? Mais pas le temps de réfléchir, il fallait agir : la copine Germaine était en train de s'affaisser sur elle-même. Elles se précipitèrent, l'attrapèrent sous les aisselles et l'installèrent sur la chaise la plus proche de sa cuisine, qui donnait directement sur la rue. En réalité, il n'y avait qu'une question qui leur brûlait la langue :

« Et Paul, où il est ton Popaul ? » Tout le monde savait dans le quartier que le Paul Battelot, le mari de la Germaine, était actif pour ne pas dire qu'il faisait partie du maquis et qu'il pouvait être menacé ; l'inconsciente répliqua :

« J'ai hurlé assez fort ? Vous croyez qu'il m'a entendue ? » pas moyen d'en savoir plus. L'Alice, qui gardait étonnamment les pieds sur terre, lui fit boire un verre d'eau, et elle murmura à Marg'ritte, à voix très basse, en articulant à peine :

« On va fouiller la baraque de fond en comble ! Vous, vous pouvez rentrer chez vous, vous avez autre chose à faire » Message codé ? En tous cas, Madame Maurer avait compris et elle reprit la direction de sa maison.

L'air vif la rafraîchit instantanément et lui remit les idées en place : les enfants l'avaient quittée ce matin même, elle était désormais l'unique gardienne de cette propriété, bien trop grande. Elle examina le revêtement de la façade : un assemblage de tôles bleu-gris qui, du rez-de-jardin au troisième niveau sous la pointe du toit, prenait de plein fouet vents et pluies d'ouest ; pas de problème, le puzzle était correctement arrimé sur la pierre de grès ; il la protégeait, et les paires de volets de bois, qu'elle avait poussées ce matin, en haut et en bas, étaient toujours tenues par leurs petits bonshommes, idem pour celles restées ouvertes toute la nuit. Elle se laissa emporter par la pente du jardin creusée par les torrents d'eau qui la ravinaient, quand la rue n'arrivait plus à les canaliser et réflexe, jeter un œil sur le petit couloir en contrebas, derrière la maison.

Outre le poulailler, qui devait attendre en vain la visite de sa Marianne, il y avait la cave voûtée à surveiller : bien enterrée, on pouvait y disparaître, juste en sautant deux marches ; il était prévu qu'elle serve d'abri en cas d'attaque ennemie, d'autant qu'elle débouchait par l'intérieur dans l'arrière-cuisine grâce à une trappe, un accès de secours en quelque sorte ; elle contenait quelques réserves alimentaires, des conserves en bocaux fort utiles et y étaient dissimulés outre les fusils de chasse de son mari, des trésors sauvés de l'église de Soufflenheim. Elle se rappela qu'il faudrait qu'elle en prît soin, sans plus tarder ; ils n'avaient rien à faire dans ce sous-sol où tout s'abîmait, particulièrement les habits sacerdotaux qui devaient être en train de se couvrir de vert-de-gris, de sentir le moisi. Ouf, la porte était bel et bien crochetée, pas de problème.

Sans même s'en rendre compte, mais c'était la moindre des choses dans cette tournée d'inspection, elle leva les yeux vers la cache de son réfugié et oh surprise, elle vit deux draps, noués en bout-à-bout, qui se balançaient le long du mur :

« Allons, bon ! Qu'est-ce qu'il fout ? Je n'ai pas encore sifflé… » et la petite fenêtre qui était grande ouverte… Habituellement, c'était une cordelette que le quidam tenait à bout de bras à son appel, lorsqu'elle lançait son cri d'oiseau, deux doigts dans la bouche pour qu'elle pût lui livrer son panier garni, mais aujourd'hui, après ce qui venait de se produire, la discrétion était plus que jamais de mise ; d'ailleurs elle ne l'avait pas encore préparé son repas. Que se passait-il donc ?

Ni une, ni deux, Marg'ritte remonta la pente du jardin et tira la porte d'entrée dans son dos. Elle avait maintenant escaladé l'escalier du premier étage et venait de se buter dans la fameuse commode qui lui servait à faire disparaître ses réfugiés : à trois grands tiroirs, elle était recouverte d'une plaque de marbre et rehaussée d'un miroir de même superficie ; elle bouchait parfaitement la vue ; l'existence d'un réduit ne pouvait se deviner. Plutôt que de chercher à déplacer le meuble, ce qui lui aurait demandé toutes ses forces ce matin, elle colla l'oreille à la cloison et appela l'Homme, terré de l'autre côté ; il lui répondrait immédiatement, trop heureux du moindre contact avec son hôtesse car il ne pouvait que se morfondre dans cet épais silence, que seules les émissions de radio sous ses pieds venaient troubler et encore, quand elles n'étaient pas brusquement interrompues… mais cette fois, aucune réaction, pas même un craquement de plancher : apparemment, il ne s'était pas tiré du lit qui occupait toute la soupente ; soit il dormait, soit il boudait dans la lumière du jour qui lui était renvoyée par la lucarne, seule ouverture sur l'extérieur. Elle ne put se retenir de pousser de la voix, tout en réalisant au moment même que c'était peine perdue : la situation était plus qu'anormale. Elle fut prise de panique, d'une peur qui la fit reculer et courir chez la Germaine Battelot, où elle arriva haletante.

Les deux voisines s'étaient attablées autour d'une tasse de chicorée, leur ersatz de café, et furent ébahies de la voir débouler si vite :

« Mais qu'est-ce qui vous arrive ? Qu'est-c'qui se passe encore ? Vous savez que le Popaul s'est enfui par la petite fenêtre de l'étage, celle qui donne derrière sur les rames de haricots : elle est restée ouverte… du coup, il en a perdu son béret : nous avons retrouvé son couvre-chef sur le plancher ; il avait dû tomber au moment où il sautait ; je l'ai ramassé et planqué entre le sommier et le matelas : tout va bien ! Il avait dû m'entendre gueuler ! N'est-ce pas que j'ai gueulé, comme un veau n'est-ce-pas ? Qu'est-ce que j'ai bien fait… » triompha la Germaine. Alors Marg'ritte chercha à expliquer que chez elle aussi, la petite fenêtre était ouverte mais qu'un drap semblait y être accroché et qu'elle n'avait pas réussi à aller voir ce qui se passait dans la petite pièce ; elle avait besoin de leur aide.

Et toutes les deux de se précipiter à sa suite. Sans peine, à elles trois, elles déplacèrent le lourd meuble, dans un boucan à réveiller les morts. Mais en réalité, il n'y avait pas plus de vivants que de morts dans la cachette : elle était vide et il y avait ce premier drap, noué au pied du lit, avant d'être grossièrement mais solidement raccordé à l'autre ; les deux ensembles avaient dû servir à l'évasion de l'homme. Toutes les trois, elles se penchèrent par la lucarne et elles constatèrent que dans le pré, les herbes avaient été foulées ; tout un chemin était visible jusqu'à la rivière :

« Mais quel cinglé ! Il ne se rend même pas compte qu'il a pris tous les risques ! s'écrièrent-elles.

— Et les traces qu'il a laissées », complétèrent-elles, en scrutant avec attention un paysage qu'elles connaissaient par cœur. Par hasard ne s'était-il pas accroupi sous un buisson, de l'autre côté du Réquival ? Il avait certainement franchi le ruisseau d'un seul bond, pas besoin de beaucoup de force, mais ensuite ? Suivre son cours jusqu'à l'embranchement avec la

Plaine déjà plus grosse puis, à l'abri des arbres qui la bordaient, tenter de ne pas se faire repérer, car assez vite, on tombait sur de grosses habitations et même un moulin avec un petit barrage, une dérivation : ce domaine était surveillé jalousement, alors ? Il aurait mieux fait d'être un peu patient, le gaillard, et d'attendre que sa logeuse lui transmît les instructions ; il pouvait lui faire confiance ; elle n'en était pas à son premier coup d'essai ! Cependant « Si ça se trouve, à c't'heure, il est déjà loin. Et s'il se faisait chopper par les Schleuhs ? » réagit subitement Marg'ritte, qui enchaîna en pleine panique :

« Pour nous, c'en sera fini, cette fois plus le choix : Le Struthof ! » Rien qu'à prononcer le nom, Madame Maurer se voyait conduite manu militari au camp de tous les supplices : travaux forcés dans la carrière de pierre, viols, assassinats… Ces atrocités étaient telles, tellement inimaginables, qu'aucune d'entre elles ne situait exactement le lieu de toutes ces barbaries ; la seule chose qu'elles croyaient savoir, c'était qu'il faisait face à l'autre camp, celui de Schirmeck et qu'il était plus violent encore.

Marg'ritte, en fuyant Strasbourg dans l'espoir de quitter les menaces quotidiennes, n'avait pu que remonter le cours de la Bruche, la voie la plus rapide pour pénétrer les Vosges et les franchir, mais avant de rattraper la route du col du Donon ; rien qu'à la vue de la pancarte de la ville de Schirmeck elle avait fermé les yeux, s'était bouché les oreilles ; ainsi avait-elle traversé la localité, aux côtés du chauffeur, sans savoir que sur sa gauche, sur ce flanc de la montagne, en vis-à-vis du premier camp de rétention, c'étaient carrément les exterminations qui se préparaient : une cheminée, de la fumée le certifieraient ; les SS avaient jeté leur dévolu sur cette vallée, là où elle s'étranglait et dans cet étau ils broyaient les vies ! La tête lui tournait, ses jambes flageolaient ; c'en était trop pour ce jour ; elle était sur le point de penser que le Bon Dieu l'avait abandonnée et que ce n'était pas juste : c'était bien LUI qui lui avait demandé d'être charitable, de voler au secours de son prochain, du moindre inconnu qui frapperait à sa porte.

Les femmes, affolées, tombèrent dans les bras, des unes des autres et se serrèrent de toutes leurs forces, car il ne leur restait plus qu'à attendre qu'on vienne les ramasser, les brutaliser à leur tour : les portes de cette maison n'allaient pas tarder à être forcées… Leurs visages renvoyés par le miroir de la commode ne pouvaient qu'être la dernière image de leur trio et vous parlez de Grâces : que des traits marqués par les privations, les angoisses ! Si l'Alice Parisse, avec ses cheveux coupés au carré et ses pommettes hautes, bien irriguées par le sang, faisait encore illusion, la Germaine Battelot, sous une chevelure dressée comme une heurse de sanglier, avait tout d'une bête sauvage, tout juste sortie des bois, quant à Marguerite Maurer – oui, ses voisines n'avaient pas le bon accent pour l'appeler Marg'ritte et puis elles la vouvoyaient ! – son front était barré par les mèches échappées du chignon bas, qui les tenait habituellement bien rangés ; avait-elle oublié de se coiffer ce matin, déjà « qu'elle n'avait plus un poil sur le caillou » comme lui disaient ses filles et qu'elle avait viré au blanc ! En général, il lui suffisait de ratisser son crâne. Ah oui, ses lunettes n'étaient pas posées sur son nez ! C'étaient ces deux petites montures rondes, qui détournaient l'attention pour l'attirer sur ses yeux, du bleu de l'eau claire ; sa sévérité en était atténuée ; mais où étaient-elles donc passées ? Les avait-elle abandonnées sur l'évier en se débarbouillant à la va-vite sous le robinet ? Dire que personne ne lui en avait fait la remarque… En définitive, qui pour s'intéresser à son apparence ? Elle ne portait plus que la robe du veuvage, qui lui collait à la peau et qui mettait en valeur, sur le haut de ses cuisses, ses culottes de cheval tels les ballons-jumeaux du Petit et Grand Donon, une poitrine toute plate, des épaules carrées : plus aucune coquetterie !

Si sa Mère l'avait vue ? Si Eugénie Haasser avait encore été de ce monde, elle se serait empressée de lui marteler :

« Kind, tu bist dumm ! »

4

Combien de fois avait-elle subi cet affront, Margareta ? Non, elle n'était ni bête ni folle, mais elle filait un bien mauvais coton et même au fond de ce charmant val gazouillant, réputé de tout repos, le soi-disant bien nommé Réqui-Val… C'était sa Mère, Mémère, qui avait acquis la maison, où elle se retrouvait aujourd'hui exposée à tous les dangers. On ne pouvait pas dire que Madame Eugénie Haasser avait eu réellement le temps de réfléchir : au printemps 1939, il n'était plus question de tergiverser ; il fallait s'en aller au plus vite, tout abandonner ; même la ligne Maginot serait impuissante à retenir les hordes armées et ses deux fils aux jambes paralysées, avec Julie, qui partageait leur sort irrémédiablement, pouvaient être les cibles de ce nazi d'Hitler, qui travaillait à une race aryenne pure, sans tares mentales ni physiques.

Il le hurlait, il le vociférait dans les stades et les foules s'engageaient d'un seul homme à lui prêter main-forte :

« Sieg Heil ! » Elles tendaient le bras vers leur Führer, omniscient, omnipotent, qui leur ramènerait grandeur et prospérité. Ces scènes d'hystérie collective lui avaient été rapportées par sa Belle-mère, quand elles pouvaient encore, toutes deux, échanger librement par-dessus la frontière car la

Gross Mutter n'avait pas manqué de l'alerter depuis sa Rhénanie retrouvée, après la mort de son époux.

Pas un jour sans que Marg'ritte n'eut voulu la remercier d'avoir sonné le glas : même si c'était hors de tout entendement, l'allemande avait tenu à lui faire savoir qu'en Rhénanie, oui dans sa région, un texte officiel avait décrété la « stérilisation des bâtards » ; plus question de prendre en charge les handicapés, considérés comme « génétiquement inférieurs », ils devaient être anéantis et elle était sûre et certaine que dès sa reconquête, l'Alsace serait soumise aux mêmes dispositions mortifères, d'où la réaction de Mémère, qui avait bien compris l'imminence de cette terrible menace : seul un bien en France pourrait être une planche de salut pour ses deux pauvres fils et sa famille.

L'ancienne ferme appartenait à Monsieur Pierre Vincent, le parent de cet Ernest, bien connu de ses petits-enfants Maurer, et plus particulièrement cher au cœur de Mimi. Son propriétaire était prêt à la brader, depuis qu'il n'avait plus eu d'autre choix : la fermeture de l'usine textile était en cours ; c'était évident, elle ne les nourrirait plus, lui, le contremaître et toutes ces femmes, qui à domicile torsadaient les fils de coton ; ces emplois étaient condamnés à brève échéance ; et pourtant ils complétaient le maigre rapport de l'agriculture ! Un véritable désastre pour les habitants de ces bas-fonds qui avaient déjà perdu la grande majorité de leurs ressources forestières à la défaite de 1870 : spoliés qu'ils avaient été par le tracé des frontières, qui avait mordu jusqu'à mi-pente sur leurs terres ancestrales, mais qui pour se soucier de leur sort ? Leur « Rôn » ne serait bientôt plus qu'un trou oublié de tous, à moins que… argument pour la famille Haasser/Maurer : la montagne-trapèze, le « Gross Donon » du Fritz Maurer, son obsession.

Marg'ritte et ses enfants, à la suite de leur « Vog'trotter » de Pater Familias, équipé de son « Rucksack », l'avaient parcouru en long, en large et en travers, au cours de leurs sorties dominicales, qui remontaient les cours d'eau :

« Le château d'eau du Rhin » proclamait leur guide qui avait une préférence pour les sources de La Sarre bien sûr et les sous-bois dans lesquels on pouvait débusquer un chevreuil ; mais eux, habillés en montagne comme leur mère le leur avait ordonné, ils avaient dans le collimateur les chaumes de fougères et de bruyères, la plate-forme de triangulation des géomètres et surtout le célèbre temple gallo-romain. Bâti au milieu du 19e siècle, en style antique avec des blocs de pierres grossièrement taillés, il avait été décrété « Musée » et il abritait les fouilles du site : haches, tessons, tête de Mercure… Tout était vrai ou faux en ces lieux, au point que Victor Hugo en avait rajouté une couche, en révélant que lui, le Grand'homme, il avait été conçu au milieu de ces éboulements gréseux, qui dominaient tout autant la plaine d'Alsace que le plateau Lorrain : il le tenait de son géniteur, qui le lui avait écrit dans une lettre authentique, avait-il spécifié. La balade de la petite troupe ne se terminait donc jamais sans avoir retrouvé la plaque qui le confirmait : ces légendes auraient-elles été l'argument décisif dans la recherche d'un refuge, lancée par les uns et les autres ?

Il aurait mieux valu retenir que ce massif du nord des Vosges, ce massif du Donon, d'une altitude de 1000 mètres paraissait à Mémère un sérieux rempart : en hiver, dès que la neige le recouvrait, et elle était abondante, il fallait renoncer à emprunter le col, déjà à 750 mètres ; aux autres saisons, le sommet aimait à s'envelopper dans un épais brouillard qui vous bouchait la vue, alors que les lacets de la route demandaient tant d'attention. En ces temps, où il était impératif de se couper de l'Est, ces escarpements, ce climat rude pouvaient être un atout, sans oublier l'avantage encore plus décisif : le génie des montagnards qui savaient profiter des accidents de terrain pour adosser leurs bâtisses.

Pour la ferme qui les intéressait, l'accessibilité était garantie : le plain-pied était assuré depuis la route par le grenier aux deux chambres du premier étage ; il l'était également, depuis le jardin en contrebas, à la cuisine, au vivoir ainsi qu'à la troisième chambre à coucher, et enfin, en dessous, pour la cave tout autant que les écuries de la vache et du cochon : les fauteuils roulants des deux paralysés pourraient donc circuler à leur guise, en passant par l'extérieur. Bien entendu, il y aurait des adaptations à réaliser, d'autant que le confort n'avait rien à voir avec la célèbre Patricienne de Souffloum, mais après tout, l'eau de source était coulante sur l'évier de la cuisine, il y avait de bons poêles et puis cet emménagement ne serait que pour un temps de courte durée.

« La crise des frontières ne s'éternisera pas, pas aussi longtemps qu'en 14 ! Ces Vosges misérables, ces montagnettes sans richesse, n'ont aucun attrait pour les Allemands, qui cherchent leur Lebensraum à l'Est » insistait Frédéric, digne successeur de son père puisqu'il portait son prénom, même si le sien avait été raccourci à la Française par un Fred rigolard ; mais cette fois, il parlait sérieusement.

En avril 39, le grand déménagement avait eu lieu, avec le camion de la briqueterie. Les vieux meubles, ceux qui étaient au rebut au grenier de Souffloum et la vaisselle, celle dont on ne pouvait se passer, y compris ces petits rien qu'on ne pouvait oublier, furent livrés au prix de quelques allers et retours en passant par Strasbourg. Début septembre, lorsque l'évacuation des populations proches du Rhin fut officiellement décrétée, les trois Aloïs, Julien, et Julie, les deux veuves Eugénie et Marg'ritte plus ses cinq enfants étaient réputés à l'abri, bien que Mémère en ait eu « gros-le-cœur » de ce déracinement.

L'installation de cette troupe se fit dans la bonne humeur de la jeunesse et la maison fut baptisée « l'Arche » par l'aumônier-scout des enfants Maurer : cette appellation lui irait, ô combien ! Avait-elle été inspirée par les deux vieilles personnes qui s'étaient imposées avec leurs cabots ? L'un d'eux, complètement édenté, mangeait la viande prémâchée par sa maîtresse, mais pas de quoi choquer quiconque ; il y avait déjà les chiens-loups, ceux qui tiraient les fauteuils des deux handicapés ; ils vous léchaient de la tête aux pieds, la langue dégoulinant de bave et de surcroît ils y étaient encouragés par les garçons ; et puis chaque soir la mascarade : pour prétendaient-ils défroisser les habits d'église des prêtres, ces chasubles cousues d'or sauvées de justesse, les adolescents s'en revêtaient et ils défilaient au milieu d'eux tous pour qu'on se torde de rire.

En réalité, ce joyeux charivari ne dépassa pas l'été, parce que toutes leurs prévisions, toutes leurs intuitions furent fausses : la guerre fut déclarée par la France et elle les concerna au premier degré ! Fred fut appelé, bien qu'il fût marié ; il dut prendre les armes, tandis que Guitte et Mimi, ne purent que rejoindre leurs institutions de Jardinières d'enfants : tout d'abord à Vitry le Moulin Vert, proche banlieue de Paris, puis en Bretagne à Suscinio-Sarzeau, puis en Loire Inférieure, où l'accueil des femmes et enfants miraculeusement sauvés par la mer de l'encerclement de Dunkerque, les mobilisèrent, enfin à Nancy ; cependant difficile de les suivre au rythme du courrier devenu très vite chaotique. Bien entendu, les deux vieilles pensionnaires avaient décidé de s'héberger ailleurs.

Et surtout, leur Mémère, que rien ne semblait effrayer, ne termina pas l'année 1939 : elle fut rappelée par Dieu ! À 80 ans, elle avait connu deux guerres… elle était endurante mais au seuil de la troisième, elle n'avait plus cherché à implorer son Seigneur, comme au cours des cérémonies pascales :

« Du Sieger, du König ! » Son Joseph de mari était parti au ciel, il y avait deux ans déjà, l'abandonnant avec trop de charges. Certes, la direction de l'usine avait été confiée à leur fils, l'Ugène, mais cette décision, qui était certainement raisonnable, n'avait suscité que jalousies et disputes au sein de la famille, car c'était cette entreprise qui remplissait les assiettes des veuves sans travail, de leurs descendants mineurs et bien entendu des deux paralysés ainsi que de leur sœur garde-malade ; des sommes importantes à prélever au détriment des investissements et de la rémunération du gérant qui aurait voulu se voir payé de ses efforts incessants pour rechercher de nouveaux fournisseurs, remplacer la main-d'œuvre décimée par les combats de 14/18, trouver des acheteurs pour sa production – finis les débouchés de la Ruhr – ; et il n'était jamais au bout de ses peines, puisqu'à partir des années 30 la situation économique s'était effondrée et que le contexte politique enrageait la classe ouvrière jusqu'aux portes de son village : dans ces conditions, quelles étaient les bonnes, les mauvaises décisions ? En tout état de cause, les discussions en famille où tous avaient voix au chapitre - incompétents y compris – devenaient insupportables ; seule la Mère restait un élément fédérateur mais elle avait franchi les montagnes… et lui à son tour était sommé, sur ordre de la Mairie, de partir avec le troupeau des fuyards. Qu'allait devenir l'usine, la maison familiale ? Aux mains de qui, allaient-elles tomber ? Qui pour le conseiller ?

Et maintenant plus de Mémère, qui, totale aberration, avait dû être portée en terre loin du berceau de son Souffloum, où reposaient tous les siens. La pauvre Margareta ne pouvait qu'une nouvelle fois abîmer son regard sur la croix de pierre, qui émergeait des marronniers de la côte d'en face : elle annonçait le cimetière, bien protégé dans son enceinte, une véritable forteresse et la fille appelait la Matriarque à son secours : quand plus rien n'allait, comme en ce jour, elle lui posait ses questions, plus exactement elle l'invectivait et de sa tombe, la trépassée lui répondait… ou pas ; cet impossible dialogue devenait quasi quotidien.

Aussi avait-elle pris ses deux voisines en dessous des bras et tel un rouleau compresseur, elle les poussa à dévaler la côte du Battant. En pareilles circonstances, on ne se laissait jamais tomber.

5

Lorsqu'au bruit de l'eau, qui frappait les barres de fer, destinées à poser les seaux, la deuxième fontaine s'annonça, le trio sut que le clocher allait leur faire signe de prendre à main gauche toute. Une fois de plus, il leur en mettrait plein la vue, au point qu'elles devraient renverser la tête en arrière pour le fixer jusqu'à sa pointe, jusqu'au coq en fer, celui qui virevoltait au gré des vents sifflants, quand ils descendaient comme aujourd'hui des crêtes ; plus de sonneur pour l'angélus, c'était le regret de tout le village, mais Alice et Germaine avaient la vibration des cloches dans les oreilles : elles annonçaient un événement… des paroissiens étaient-ils en train de gravir les marches, qui surélevaient encore un peu plus l'église ?

« Que nenni, pas un chat dans l'escalier » et pour elles, pas question de se dérouter, trop dangereux : les trois gardes-frontières de tout à l'heure pouvaient rôder dans les parages.

Cependant, la haute porte de l'église était entr'ouverte et il en filtrait un étrange rayon de lumière :

« Bizarre, nem don ? » avait interrogé l'une d'elles, si bien que les trois femmes ne purent faire semblant, comme de simples étrangères, de passer outre ; tout ce qui touchait Laidelet, leur Village de L'Eau, les concernait car si ce n'était pas elles… qui pour s'atteler aux problèmes

« Qui d'autre ? Allez ! Jeter un œil, juste un seul » et elles s'accrochèrent à la rampe. Arrivées sur le seuil de la nef, il leur fallut cligner des yeux pour ne pas être aveuglées par l'éclat des pampilles du lustre qui pendait à la croisée de voûte :

« C'est le don de Mémère, n'est-ce pas ? » Ne put s'empêcher de pavoiser Marguerite, et ses deux voisines de répartir du tac au tac, sur un ton un peu pet de sec :

« De Madame Haasser vous voulez dire ! » Il n'était pas question pour elles de se prêter à une familiarité quelconque ; c'eût été se soumettre à une maitresse-femme d'outre-Vosges pour ne pas dire plus… Certes, cette personne s'était montrée généreuse avec Monsieur le Curé, au mieux envers le Bon Dieu, mais c'était son affaire à elle, pas la leur ! Elles, elles n'avaient rien à voir avec ces faveurs :

« Nous avons notre dignité, nem don ! » Ce petit accès de mauvaise humeur prit notre Alsacienne au dépourvu, même si ce n'était pas la première fois qu'elle soupçonnait des non-dits chez ses voisines. Cependant, elle fit comme si elle n'avait rien entendu, elle se signa et dans l'attente de l'inspiration qui lui viendrait du Très-Haut, elle s'empressa de reprendre la route du cimetière.

À présent, les dames marchaient en file indienne, sans un mot, lugubres comme la rue, qui après avoir contourné les hauts murs de l'église sur la droite, les conduisait entre les fermettes agrippées aux derniers contreforts de la montagne. Toutes les portes, aussi bien celles des granges que des entrées, étaient verrouillées et les carreaux cassés et les gouttières déboîtées témoignaient de leur abandon, « définitif » avaient juré les occupants sur la tête de leurs aïeuls. C'étaient ces braves maisons qui avaient encore essuyé des combats, juste avant l'armistice, quand deux colonnes ennemies s'étaient rencontrées : l'une montait vers les cols, enfin dans leur champ de mire, tandis que l'autre filait vers le premier bourg lorrain dans l'espoir d'un peu de répit ; chacune suivait sa carte d'état-major et les soldats avaient voulu vider leurs chargeurs jusqu'à épuisement de leurs munitions. Pendant que ça canardait, « une dernière fois » espérait-on, tout le quartier était resté enfermé et la cave voûtée des Maurer/Haasser avait été le refuge des filles Antoine, quatre sœurs qui vivaient au bout du bout, mais aujourd'hui elles avaient déserté, elles aussi. Seule l'Hortense résistait : en sa qualité de sacristine, un véritable sacerdoce, elle se devait d'habiter sur la côte de l'église, et pourtant elle n'avait pas mis le nez à sa porte, lorsque les trois voisines avaient longé sa maisonnette.

Parvenues au pied du tertre des morts, elles respirèrent un grand coup : l'air était toujours pur sur ce promontoire et réflexe de gamines, elles plongèrent leurs mains dans l'eau de la fontaine, la quatrième sur leur chemin, et elles s'éclaboussèrent le visage, avant de s'offrir un trois cent soixante-cinq degrés. Par suite de l'effet de perspective, l'église leur parut en position accroupie, même si son clocher gardait toute sa prestance avec sa flèche au-dessus des toits. Comme accolées à l'édifice pour fermer le ban, quatre fermes faisaient front commun ; d'un volume impressionnant, ces Lorraines s'allongeaient sur les meilleurs prés, ceux qui étaient irrigués par les deux ruisseaux sur le point de fusionner ; elles en profitaient : le regain avait été engrangé, et déjà les sols avaient retrouvé leur couleur, ce vert-tendre à faire pâlir. Pour s'assurer que de leur côté à elles, au pied de la ligne de crête de la Charaille, en surplomb de la faille du Réquival, il n'y avait rien de préoccupant, elles tournèrent la tête sur la droite ; et Marguerite prit tout son temps pour vérifier que rien dans la lucarne du haut, et pourquoi pas dans l'encadrement de l'une des deux fenêtres en dessous, voire de la porte du sous-sol, rien ne bougeait, car si son réfugié avait rôdé de pièce en pièce, ça aurait tout changé… Effectivement, tout était calme. Vite, pousser la grille du cimetière pour se placer sous haute protection et un ordre :

« Assez traîné, les vieilles, ce serait trop bête de se faire choper, si près du but ! »

Après avoir bien pris soin de refermer le portillon, elles s'avancèrent dans l'allée centrale, à pas posés, comme de règle dans le royaume des morts. Les payses avaient chacune leur carré familial à honorer, mais pas question de compliquer la situation ; quand l'étrangère s'agenouilla devant la tombe de Madame Haasser, elles prirent place à ses côtés et notre Germaine de déposer sur la terre, qui conservait la forme du cercueil à peine enfoui, trois à quatre tiges ramassées à la va-vite sous les marronniers :

« Un bouquet de fleurs sauvages », dit-elle timidement en ajoutant toujours à voix basse, à peine audible « On fait c'qu'on peut ! » Marguerite comprit qu'elle lui devait le pardon et ne sachant comment la remercier pour un geste aussi touchant, elle se précipita dans la lecture à voix haute de l'hommage à sa Mère :

Eugénie Haasser, épouse Haasser,
1858/1939,
née en France, rappelée par Dieu en France :
priez pour elle !

Il s'agissait du mieux, qu'elle avait pu adresser à Les Leau, en reconnaissance à l'accueil que tout un chacun leur avait réservé et elle avait réfléchi longuement au choix, à la position de chaque mot. Bien entendu, ces lettres n'étaient pas gravées, elles n'étaient que peintes, grossièrement dans des caractères d'un gothique approximatif, mais tout n'était que provisoire : la croix n'était-elle pas en sapin, le plus fragile des bois ? Quand la situation reviendrait à la normale, la fille repartirait avec le cercueil de sa Mère… Cependant une fois de plus, elle ne s'était pas rendu compte, Marguerite, à quel point cette épitaphe était choquante.

« La prétentieuse, un peu plus et elle se prendrait pour Jeanne d'Arc ! » persifla entre ses dents la Germaine ; elle n'avait pu s'empêcher de lancer la charge, car trop c'était trop ! Si l'émigrée se croyait la seule à souffrir, elle ignorait délibérément qu'elles, les Vosgiennes, elles portaient depuis toujours dans leurs chairs les combats de leurs hommes et qu'aucun discours ne pourrait leur rendre justice.

Certes, il y avait eu des commémorations aux Monuments aux Morts des poilus ; chaque fois, elles s'étaient déplacées et arrangées pour être au premier rang ; par leurs simples présences, elles avaient témoigné en faveur de ces corps appelés au combat, enrégimentés et pour finir ramassés sur les champs de bataille ; mais ceux-là, ils étaient répertoriés, leurs noms étaient gravés pour l'éternité, rien à voir avec ceux dont les poumons gazés, les gueules cassées, avaient été rapatriés dans les familles ; ils n'avaient survécu qu'avec des pensions, « Encore heureux que la Nation se soit souvenue de ce qu'elle leur devait ! » – jusqu'à ce que leur sort fut définitivement scellé. Et il y avait le cas de la Louise, le plus terrible : son mari avait fini ses jours à sa charge ; plus un mot n'était sorti de sa bouche après ce qu'il avait vécu ; il était recroquevillé au coin du feu, nourri comme un enfant, et elle, il lui avait fallu quémander leur nourriture chez les uns et les autres : quelle humiliation !

« Qui pour en parler de c'te situation, qui n'était pas une exception ? » Un peu plus et les deux femmes en auraient bredouillé.

Depuis 1870, les trois générations de par ici n'avaient connu que des envahisseurs ; pour les repousser, leurs hommes avaient usé leurs muscles, leurs ruses ; ils avaient creusé des tranchées en pleine forêt avec leurs outils simplement tirés du hallier, c'était tout ce qu'ils avaient sous la main, dans le froid, sous la pluie, la neige ; comme ils connaissaient le terrain comme leurs poches, ils avaient fait de chacun des sommets environnants de véritables pièges et ils avaient bloqué les assauts des casques à pointe, toujours et encore. Les femmes avaient soigné, réconforté les fantômes quand ils voulaient bien sortir des sous-bois, pire quand ils redescendaient sur le dos d'un camarade, les jambes ensanglantées, avec un lambeau de linge pour stopper les hémorragies. Elles pouvaient lui en raconter des histoires et il ne s'agissait pas de cracs.

Et voilà, que malgré la victoire de 18, ça recommençait et que ce n'était pas fini : les Frontières de la France, qui étaient soi-disant garanties par trois traités successifs, des signatures les unes plus longues que les autres, dont les dernières ne dataient que de 1938, avaient été violées et toujours par les mêmes, par ces Boches ! Et par-dessus le marché, ce vieux Pétain, qui avait baissé les bras au bout d'un an à peine ; donc pour nous résumer : aujourd'hui, non seulement elles avaient la frontière au bout de leur rue, à mi-pente des crêtes, qui leur barraient l'horizon, mais elles étaient occupées par ces nazis qui se croyaient tout permis, qui se croyaient chez eux ! De quoi être plus que révoltées ! Elles n'en pouvaient plus.

Saisissant enfin à quelle accumulation de ressentiments elle avait affaire, Marguerite se sentit tenue de s'expliquer et pour commencer, elle invita Alice et Germaine à prendre place sur le banc du cimetière : sa tâche s'annonçait ardue, complexe et pas sûre que ses copines aient la force de suivre ses raisonnements alambiqués.

Pour démarrer sous les meilleurs auspices, Marguerite crut bon d'invoquer St Goëry, St Mansuy, St Pierre Fourrier, ces hauts patrons dont elle ne savait pas grand-chose, mais qui étaient honorés dans les prières de toutes les messes de la vallée : ils étaient omniprésents, jusque dans la ferveur du pèlerinage à la Vierge du lac de La Maix, auquel elle avait participé. Nul doute, ils allaient l'aider à faire entendre la cause de sa famille, qu'elle sentait menacée, parce que :

« Oui, la situation de ma Mémère était compliquée et pour être honnête, moi-même, j'étais loin d'avoir tout compris : pas étonnant que vous vous soyez fait de fausses idées sur son compte ! Elle n'avait pas appris à s'épancher, à ouvrir son cœur, il lui fallut l'exil et de longs tête-à-tête pour en venir aux confidences et encore, avec des passages qui lui sortaient spontanément en alsacien, comme pour vous autres avec le patois… »

À cette évocation, ses deux interlocutrices furent prises de fous-rires, signes qu'elles avaient quelques exemples en tête. L'atmosphère était donc en train de se détendre et Marguerite, pouvait se mettre à l'unisson de sa chère Mère, dont la voix issue des profondeurs la guidait à nouveau :

« Au fait, en 71, elle n'était qu'une gamine d'une dizaine d'années… bien sûr qu'elle ne prenait pas la parole à table ; son père, d'un naturel bourru, serait tout de suite intervenu. »

« La porte de la grange ! qu'on lui aurait rétorqué de par chez-nous, si elle avait osé dire quelque chose ! » l'Alice était bien dans le feu de l'action ;

« Autrement dit : Mêle-toi de c'qui te regarde ! » surenchérit la Germaine.

« Oui, de tes oignons… bref, elle n'avait pas droit au chapitre, confirma Marguerite, qui poursuivit. Ma petite mère était sous la haute autorité du Père ; d'ailleurs, elle ne pigeait que quick aux histoires de gros sous, sauf qu'elle trouvait déjà pas mal de faire de si belles choses avec la terre toute bête tirée du sol et de nourrir une si grande famille puisque l'entreprise appartenait aussi à son oncle et qu'il y avait des obligations de ce côté-là. »

« D'accord, mais comment qu'ils faisaient avec les Boches, vos parents : votre Mémère se disait Française dans l'âme, nem don ? Au moment de l'invasion des Allemands, ils n'avaient qu'à prendre leurs clics et leurs clacs, comme les ceusses-qui n'avaient pas grand'chose pour vivre, des moins fortunés qu'eux : moi-même, j'ai bien quitté ma propre maison natale ! »

Cette fois, l'Alice n'avait pu s'empêcher de lui rabattre le caquet, même si elle fixait délibérément ses doigts, qu'elle torturait de peur de rencontrer un regard.

La Marguerite tomba des nues ; elle ne savait pas que les ruines, un peu plus haut dans le vallon, quasiment dans les repousses sauvages de sapins et de ronces appartenaient aux parents de l'Alice ; de cette maison, il ne restait que des pierres délitées ; en tous cas, nulle trace de charpente, de fenêtres et de portes : que s'était-il passé ?

« Oui, not' ferme était à cheval sur la frontière ! » fut sa répartie, car en réalité, elle-même, elle n'avait pas plus d'une dizaine d'années au moment des combats de 1917, quand il avait fallu prendre la poudre d'escampette et trouver refuge quelques maisons plus bas : toute la famille avait plié bagage en quatrième vitesse, un point c'était tout, et elle, sous le choc, ne se souvenait plus que du minou qui rodait dans ses pattes et qu'elle avait dû prendre dans ses bras :

« Heureusement qu'il s'était accroché à moi… »

À ce stade, Marguerite dut reconnaître que chez eux, à Souffloum, apparemment ce ne fut en 70 qu'un simple changement de propriétaire, car le malin conquérant avait choisi de les gâter pour les convertir au plus vite : comment expliquer ? L'exemple de la capitale du Reichsland, soit dit en passant directement rattaché à Berlin, était éloquent. Elle avait vécu à Strasbourg quand la ville était redevenue Française et difficile à cette époque d'admettre que tout ce que les Allemands y avaient construit, en quarante années d'occupation, était de qualité, comme son époux l'avait sommée de le reconnaître. Lui revenait à l'esprit que « Gaz in allen Etagen » était gravé sur tous les rez-de-chaussée des habitations et effectivement le confort y était, pas comme… Elle n'avait pas eu besoin d'insister, ses deux comparses avaient compris au quart de tour qu'elle faisait allusion à sa situation actuelle.

Par contre ce qu'elles n'avaient peut-être jamais vu, la Germaine et l'Alice, c'était le prestigieux Palais du Kaiser, en vis-à-vis de la Bibliothèque Universitaire et du Conservatoire de Musique, et pour faire le pendant, au bout d'une large avenue, le Palais Universitaire, avec son temple à Goethe, et sa kyrielle de laboratoires, sans oublier à droite le Bureau de la Poste centrale, et à gauche l'église St Paul… et un peu plus loin la piscine, l'École des Arts Déco ; les architectes, les tailleurs de pierre, les sculpteurs y avaient mis le paquet, sans omettre de préserver le centre moyenâgeux encerclé par les bras de l'Ill. Elle les connaissait par cœur ces beaux quartiers, où les voyageurs, arrivés par la gare, elle aussi flambant neuve, passaient par la synagogue dans son style néo roman, inspiré de la cathédrale de Spire, avant de foncer vers la gothique, l'inégalée cathédrale de Strasbourg, leur objectif.

Mais au fait que restait-il de la synagogue depuis l'évacuation générale de la ville en 40 ? N'avait-elle pas entendu dire qu'elle avait été rasée, alors que les églises de garnison, la catholique St Maurice et la protestante St Paul exhibaient toujours leurs dentelles de pierre rose intactes… Bou-lou-lou, elle s'emballait ; elle se laissait emporter vers tout ce qui agaçait les Lorrains, même si la ville de Metz n'avait pas été oubliée dans cette distribution avec sa célèbre gare et si Nancy n'avait pas profité du repli vers la France d'entrepreneurs actifs, d'artistes particulièrement créatifs… Mieux valait mettre fin à cet inventaire, d'autant qu'il pouvait lui être reproché, à elle tout spécialement, d'être tombée dans le panneau de la séduction : n'avait-elle pas épousé un Allemand, carrément ?

Sujet délicat, que ses amies, par respect pour son veuvage, n'avaient jamais osé aborder, mais puisqu'elle y était, autant crever l'abcès : oui, son mari était Sarrois et il parlait le « Platt », si bien qu'il se comprenait avec les « Sarregueminers », preuve que tous les Allemands n'étaient pas à mettre dans le même panier ! En effet, son Land d'origine borde au Nord le département de la Moselle et il a subi autant de chaos que l'Alsace/Moselle : Français sous Louis XIV – une ville, Saarlouis, porte encore son nom – perdu pour la France par la faute de Napoléon-Bonaparte et ses guerres insensées, rendu à la France en dédommagement de la Grande-Guerre et enfin revenu à l'Allemagne, à la suite d'un référendum.

Le recto verso de son Alsace, la Sarre ? Mais non, aujourd'hui, tout le monde était sous le même toit, celui du IIIe Reich, elle seule était de l'autre côté de la frontière :

« Donner Wetter ! » Dire qu'elle avait toujours, là-bas, jusqu'en Rhénanie, ses beaux-frères et leurs épouses, avec qui ils ne s'étaient jamais tourné le dos ; bien sûr au fil des ans, à force de ne pas pouvoir se retrouver quand ils le désiraient, les liens s'étaient un peu distendus, quoique... La Gross-Mutter Hellenbrand, qui venait de mourir, avait tenu à inscrire dans son testament le vaisselier, des plus pratiques avec ses trois petits tiroirs à couverts et ses deux portes vitrées pour exhiber les verres à pied ; il était arrivé juste avant la déclaration de la deuxième guerre ; c'était celui qui s'appuyait sur le plus grand mur de la cuisine vosgienne et la belle-fille ne pouvait le regarder, sans penser qu'elle ne s'était même pas rendue aux obsèques de sa belle-mère :

« Schäme dich : quelle ingratitude ! »

Ohé, elle insistait, elle devenait lourde, la Marguerite ! Il fallait toujours qu'elle en rajoute ; elle en faisait des tonnes, alors que son mari aurait eu vite fait de tout simplifier, de tout mettre sur le dos des « Kelten » : n'étaient-ils pas leurs ancêtres communs ? Tous ces embrouillaminis historiques auraient été expliqués avec brio. Bon, comme elle n'avait pas su assimiler les connaissances de son époux, sombrer dans le pathos était l'issue, la seule ; celle de l'époque où ses frères faisaient partie du lot qui était apte physiquement au combat, si bien qu'ils avaient dû se plier à d'interminables services militaires avant d'enchaîner avec des mobilisations dans les armées… et contre qui ? La France, pardi ! Inutile de chercher à le nier, même si c'était là où le bât blessait gravement :

« Aucune fierté chez les garçons le jour de leur départ malgré eux ; jamais ils n'auraient eu l'idée de prendre la pose au bras de leurs fiancées comme le faisaient les Piou-Piou gare de l'Est, à Paris, devant les wagons bondés d'appelés ; les cartes postales qu'elle avait vues exposées jusque chez les gens d'ici, en témoignaient ! Et dire que quatre ans après l'armistice de 18, leur Ugène n'était toujours pas rentré à la maison… aucune nouvelle… »

Prise à la gorge par l'émotion, Marguerite avait dû faire une pause, avant de parvenir à articuler qu'eux, Père, Mère, Frères et sœurs, oncles et tantes, cousins, cousines à Soufflenheim et elle depuis Sarreguemines puis Strasbourg, ils en avaient été réduits à la plus grande discrétion pour rechercher le frérot :

« Il était parti avec les troupes allemandes, aux côtés du Kronprinz ; elles étaient vaincues, restait plus qu'à boire le calice jusqu'à la lie ! Et pourtant c'était un des leurs, un membre de la grande famille qu'il fallait sauver… Pour mener l'enquête, ils auraient dû pousser leurs investigations tous azimuts, et qui plus est, en langue française, alors qu'ils n'étaient qu'en cours de rattrapage. Alors, patienter… et les semaines, les mois s'étirèrent, les années, jusqu'au jour où un télégramme leur parvint de Marseille : une ligne, une simple ligne qui annonçait que le fils, son propre frère, avait accosté en France ; Il était en vie ; ils avaient eu raison d'escompter son retour !

Cette fois, les parents Haasser sortirent les drapeaux bleu-blanc-rouge – dissimulés pendant l'occupation – et la famille se regroupa sur le perron au grand complet autour de la Mère : toute ? Presque, car il serait largement temps d'apprendre au revenant que sa sœur Eugénie était montée au ciel et juste avant de se marier, alors que ses cadeaux de noces étaient déjà exposés au salon : encore un drame ! Mais lui, qu'aurait-il à leur révéler ? Comment allait-il leur raconter ce qui s'était passé pendant cette interminable disparition ? Il était hirsute avec une longue barbe pleine de nœuds, idem pour ses cheveux ; seuls ses yeux restaient ceux des origines, gris-bleu, même s'ils s'étaient enfoncés dans leurs orbites, car il était décharné, quasiment la peau sur les os ; les habits que Père lui avait apportés à sa descente de train, flottaient autour de son corps.

Les parents s'étaient approchés tout près de lui, main dans la main ; on aurait dit qu'ils ne savaient comment l'aborder, qu'ils avaient besoin de se réconforter avant de s'excuser ; en réalité, ils cherchaient à le faire parler… mais dans quelle langue ? Leur garçon méconnaissable comprenait-il encore l'alsacien, celui de son pays ?

Il avait la bouche pâteuse, sa langue collait au palais :

— Durst, trinken, trinken ! Vite, on s'activa en cuisine et quand Élise et Julie revinrent avec des plateaux chargés de bières et de bretzels, les plus jeunes se précipitèrent et ils s'emparèrent des délicieuses spécialités du pays, sauf LUI, qui demeurait au fond de son fauteuil, épuisé, au point qu'il fallut le servir, avant que tout n'eût disparu.

Et l'attente reprit ; on voulait qu'il lâchât quelques bribes. Toujours elle, la douce Julie, elle vint lui tenir la main, la caressa, la porta contre sa poitrine, sur son cœur ; ce geste sembla l'éveiller ; il allait sortir de son égarement et en effet il leur expliqua dans une voix d'outre-tombe, que dans le train de Marseille à Strasbourg, il avait été maltraité par les autres passagers, qui n'avaient même pas osé s'asseoir à ses côtés : « Yo », était-il repoussant à ce point ?

Il fallut prendre soin de lui pendant plusieurs semaines, avant qu'il n'arrivât à faire défiler des lieux, puis des dates ; c'étaient des fragments ; à ses confidents de les recoller, de reconstituer le puzzle. »

En gros, l'Ugène avait été fait prisonnier par les Russes en 1917 avec une Division de soldats allemands et il avait été déporté avec ses camarades d'infortune dans un camp en Sibérie, vraisemblablement près du lac Baïkal : il citait le nom d'Irkoutsk ! À cette époque, il avait encore réussi à adresser à ses parents une carte postale, sur laquelle il avait dessiné une forêt de bouleaux et ceux-ci confirmèrent qu'elle était arrivée à destination. Mais après ? Il y avait eu la révolution bolchévique d'octobre 17 et la discipline dans le camp s'était relâchée – les gardiens avaient bien d'autres préoccupations – et plus aucune liaison ne fut assurée. Pour survivre dans le grand froid, les moins 30 degrés, il avait travaillé à la boulangerie et toujours débrouillard – question de survie – il avait donné des leçons de Français à la bourgeoisie locale (?) et conduit un fiacre ; donc dès qu'il le pouvait, il faisait le cocher. Les oubliés du bout du monde finirent par apprendre que la Paix avait été signée et ils cherchèrent à se faire rapatrier, mais « Höre ! », toujours le même problème : les Russes étaient en pleine révolution ! Alors ils prirent possession d'un train qui partait vers la Chine, l'opposé, plein Est, et à Shanghai… coup de chance, grâce au Consul de France, ils montèrent sur un bateau pour Marseille ; c'était de ce grand port qu'il avait pu reprendre contact avec les siens. »

Cette histoire avait tout pour faire la Une des rues, des bistrots de Souffloum et elle aurait occupé les longues soirées d'hiver, si les uns et les autres n'avaient été accaparés par la réintégration dans cette France redevenue LEUR, la leur, à condition d'avoir obtenu les bons papiers ; en effet, la course aux identités était ouverte, de quoi s'y perdre à nouveau !

« Suivez bien ! En application des stipulations de l'Annexe du Traité de Versailles, à compter du 11 novembre 1918, pour accéder à la Nationalité Française et obtenir la Carte Nationale d'Identité, le précieux sésame, il fallut se dépatouiller avec les textes : tout sauf évident de comprendre les subtilités et de saisir où se nichait son intérêt ; de quoi s'arracher les cheveux, encore un peu plus, mais en réalité pas de décision à prendre, une obligation, celle de retrouver les justificatifs, des tonnes, et de faire la queue : patienter et attendre, toujours encore que les Administrations vous rétablissent dans votre bon droit et surtout rester poli…

Par exemple, pour tous les frères et sœurs Haasser, comme elle Marg'ritte, née en territoire d'Empire mais de parents français, qui avaient perdu la nationalité française en 70 et qui n'en avaient pas acquise d'autre qu'allemande, la réintégration était d'office, donc carte A. Du coup, se faire tirer le portrait, mais pas en costume traditionnel d'Alsacienne comme la petite Julie, qui le jour de la victoire, le 11 novembre 1918, avait cousu une cocarde tricolore sur son grand nœud, non, il fallait une tête nue ; d'où rendez-vous chez le photographe, et ils n'étaient pas les seuls : pas grave, à ce stade, c'était presque gagné.

Pour sa belle-mère Maurer, née Hellenbrand en Sarre, en territoire ennemi, c'était sans discussion : le retour au pays, le "Heimat", ce à quoi elle aspirait au fond d'elle-même ; elle était sans toit depuis qu'elle avait perdu son garde-forestier de mari en 14, juste avant la première guerre mondiale, même si la famille Haasser ne l'avait pas laissée sans abri ; aurait-elle pu plaider que son Ambrosius avait été enterré en Alsace ? Mais à l'époque cette terre était allemande, donc pas nécessairement le bon plan et elle n'y avait même pas songé ; aussi après de longues embrassades, d'interminables accolades, suivrait-elle son fils Léopold pour s'établir à Vallendar sur les bords du Rhin, au Sud de Koblenz, tandis que le Max s'échapperait dans l'Eiffel, car pour ces deux jeunes, qui avaient de surcroît combattu dans les armées de l'Empire, il n'y avait pas d'autre issue.

Et pour le Fritz Maurer ? Son destin était des plus complexes : naturellement, il était dans le même cas que ses frères, parents allemands de naissance, naissance en Alsace allemande, et même s'il avait épousé une Alsacienne née de parents français, il lui fallait répondre à l'article 6 du paragraphe 2 ; or pour lui, père de deux enfants, bientôt cinq, il était vital de continuer à exercer son métier, à la Perception des Impôts ; donc pour obtenir la carte D, il avait à démontrer une bonne pratique de la langue française, d'où une multitude d'exercices écrits, sans oublier l'oral, encore plus costaud ; heureusement qu'il n'avait pas fait la guerre et combattu les Français, non pas parce qu'il était peureux, indécis, voire faiblard, non, il avait une solide constitution, un bon tour de poitrine, mais parce qu'il travaillait aux Impôts : faire rentrer le fric, le nerf de la guerre était primordial, d'où son exemption d'office.

Quant aux deux enfants, Guitte et Fred Maurer, nés allemands dans un couple à lignée paternelle allemande, mais pourvus du côté maternel de "l'indigénat alsacien-lorrain" – rien n'est inventé –, ils seraient concernés par le paragraphe 3 ; ils devaient obtenir une réintégration pour bénéficier de la Carte D : patience, le dossier aboutirait ! »

Ce fut le parcours abracadabrantesque des siens : il s'était étalé sur deux ans et pas sûr qu'elle se soit bien exprimée, notre

Marguerite, mais ses voisines avaient été attentives, elles avaient fait preuve de bonne volonté et elles avaient fini par compatir, au point d'oublier ce qui s'était passé quelques heures plus tôt ; aussi quand Germaine retrouvât ses esprits, ce fut la situation du Paul Battelot qui la fit basculer brutalement en dehors des murs du cimetière.

Où avait-il disparu le brave ? Bien beau, d'affronter l'occupant, de faire le héros, toujours le même, mais quand on se faisait embarquer, qui pour vous porter secours, Don Dieu ? Les Alsaciens avaient peut-être raison de se montrer dociles, de se laisser faire : les deux frères paralysés et la sœur Julie étaient bien rentrés dans leur village, depuis que l'appel au retour avait été lancé, avec des offres alléchantes de l'occupant, qui allait tout reconstruire et en mieux ! C'était vrai qu'ils ne pouvaient survivre sans les subsides de la fameuse usine de briques, qui produisait cahincaha, malgré tout, une fois de plus quelques bénéfices. Mais Marguerite, pourquoi ne les avait-elle pas suivis ? La famille n'était-elle pas en train de se reconstituer ?

« Si si, mais de mon côté : Fred, mon fils aîné, qui a épousé une fille, dont la famille a pas mal bougé au gré des emplois industriels du Père-ingénieur, est réfugié près d'Annecy, à Frangy, dans les Alpes, avec sa femme et leur petit ; il est en France libre, si je ne me trompe pas et depuis que l'armée française a déposé les armes, il a rejoint des amis scouts, engagés dans… ? Il a parlé de chantiers de jeunesse, d'école de cadres… mais suis-je autorisée à divulguer des secrets ? Mes deux filles, Guitte et Mimi, sont stabilisées à Nancy, où elles ont créé un Jardin d'Enfants près de l'église St Fiacre – une référence, même si le quartier est pauvre, pauvre – ; elles ont trouvé l'accueil d'une famille chaleureuse, la famille Chappuis ; enfin, elles sont en sécurité, comme il paraît ! Et les deux derniers, ils sont scolarisés : pourvu qu'ils soient arrivés à bon port, pour le moins à leur étape de Nancy, au bout de nos voies ferrées ! Au fait, ce n'était que ce matin qu'ils avaient pris le chemin de leurs écoles et depuis… il s'était passé tant de choses ! » Mais les deux copines la rassurèrent :

« Pas de nouvelle, bonne nouvelle !

— Et le Seigneur soit avec nous » compléta-t-elle, les yeux levés au ciel.

Le soleil était en train de disparaître dans la brèche ouverte entre les bois par la vallée, juste en face d'elles, laissant la place à une tranche de lune prête à monter dans le ciel ; les oiseaux s'étaient tus. Leurs échanges, même vifs, leur avaient fait du bien et certainement qu'elles trois se comprenaient mieux après ces déballages ; elles pouvaient arrêter de torturer leurs esprits et passer au tutoiement général, sans arrière-pensées cette fois, quand la porte du cimetière grinça sur ses gonds.

Dans un même réflexe, leurs cœurs se mirent à battre la chamade : le pire était arrivé, mais impossible de décoller de leur banc, tant elles étaient sidérées ! Une ombre apparut dans l'angle de l'entrée ; elle commença à s'allonger jusqu'à rejoindre leurs pieds, quand elles reconnurent la petite souris, l'Hortense. Elle était accourue car elle n'avait pas été, contrairement aux apparences, sans remarquer leur passage sur la rue et il était arrivé quelque chose de grave : elle se devait de les en avertir. Elle prit le temps de reprendre quelques profondes respirations et sans se redresser – sa colonne vertébrale était récalcitrante, irrémédiablement – elle démarra :

« Tout à l'heure, je suis allée comme chaque soir, fermer la porte principale de l'église : qu'est-ce qu'elle est dure celle-là, des tonnes, qu'elle fait, mais bon, j'ai l'habitude ! Puis j'ai fait le tour du propriétaire : la nef, le chœur, je connais tout ça par cœur, chaque recoin ! Comme le jour éclairait encore de partout, même au travers des vitraux, pas besoin de monter dans la chaire : un coup d'œil circulaire avait suffi ! Il y avait assez d'huile dans le verre du Saint Sacrement, ouf, je pouvais passer à la sacristie ; j'étais sur le point de fermer la petite porte d'avec l'église, quand elle se bloqua ; j'insistais mais elle coinçait ; je m'énervais et qu'est-ce que j'vois : une chaussure, un pied ! Pas possible, j'étais devenue folle, folle à lier ! Mais non, un homme me suppliait :

— Excusez-moi, Mère-Grand, je ne sais plus où aller ! Je n'ai pas mangé depuis hier.

— Mais qu'est-ce que tu fous-là, que je lui dis, tu n'es pas du village !

Il était écrasant, très grand, il me dépassait de plusieurs têtes.

— Je croyais être tranquille dans l'église, mais la porte n'arrête pas de s'ouvrir et vous, vous êtes venue tout remuer.

Et il articula :

— Je n'sais plus où aller !

Je n'avais plus d'autre choix que de lui dire de me suivre jusque chez moi, puisque c'était là que je rentrais à c't'heure ; c'est alors qu'il m'a glissé à l'oreille qu'il connaissait quelqu'un d'ici, de la côte d'en face ».

Et la sacristine de les fixer toutes les trois dans les yeux.

Marguerite ne put penser qu'à son évadé, même si elle le croyait au diable-vaut-vert depuis qu'il avait dégringolé la façade de sa maison à ses risques et périls.

« Il parle au moins le Français ? » qu'elle susurra, cherchant un élément décisif de preuve, car ici, en dehors de sa famille et de ses voisins, elle ne fréquentait personne : les passeurs ne faisaient que toquer à sa porte et elle voyait à peine leurs visages ; quant aux Allemands, ils étaient faciles à repérer à leurs aboiements.

La Germaine, quant à elle, essaya un « Ton gars, c'est pas un gars du maquis… égaré par hasard ? » Elle gardait bien sûr présente à l'esprit la fuite de son Popaul, vers Dieu-sait quel refuge ce matin.

Elles tergiversaient toutes les deux, mais l'Hortense allait s'énerver, si elles ne se décidaient pas à la suivre, là tout de suite : ça suffisait !

6

Elles emboîtèrent le pas de la sacristine sans plus un mot ; leur temps était compté et celui que la petite vieille mit à fourgonner dans la serrure de sa modeste demeure, leur parut une éternité ; Marguerite ne pouvait s'empêcher de passer d'une jambe sur l'autre, mais dès que la porte s'ouvrit, elle bondit : c'était bien lui, avec ses grands yeux bleus ! Elle l'attrapa par la main et sans se préoccuper de ses copines, elle lui fit descendre la côte puis remonter l'autre, en le tirant ; même si sa paume était molle dans la sienne, elle la serrait fort, de peur qu'elle ne lui échappât ; devant eux, la première voie puis la deuxième s'étaient ouvertes grandes, telles des avenues, et arrivés dans son couloir, au lieu d'expédier son rescapé à sa niche, elle s'effaça en lui indiquant la direction de la salle à manger et elle lui fit l'honneur de sa déclaration solennelle :

« Monsieur, soyez le bienvenu sur la terre de France ; je suis moi-même une réfugiée d'Alsace avec ma famille ! » Un peu plus et elle lui aurait fait sa révérence. En tous cas c'était sa formule, celle qui était parfaitement rodée et qu'elle adressait du haut de sa frêle personne à chaque nouveau venu.

Pourquoi lui était-elle sortie de la bouche ? Elle n'en revenait pas, elle, qui aurait dû l'engueuler, lui qui avait compromis sa sécurité et celle des alentours ; d'ailleurs, il ne s'était pas encore expliqué, pas même excusé et à l'arrière de sa maison, les draps devaient encore se balancer au vent du vallon, alors pourquoi tous ces égards ? Le jeune ne fit que s'avancer jusqu'au milieu de sa cuisine, et il resta planté là, comme un poteau et elle, elle eut à l'éviter, à lui tourner autour, car prenant subitement conscience qu'ils étaient exposés à la vue de tous, elle avait à fermer les volets en urgence : un à un, ceux de la cuisine puis ceux de la salle, en faisant le plus de bruit possible pour démontrer qu'ils étaient durs à rabattre, que les loquets rouillés ne glissaient pas facilement ; ainsi s'était-elle cassée en deux et elle aurait dévoilé son point faible, si d'un geste réflexe, elle ne s'était assurée que son postérieur, qui n'avait rien d'un canon de beauté, comme tout le monde l'avait remarqué, était bien recouvert par sa robe ! À présent, elle tirait les tiroirs du vaisselier, un à un, à la recherche de… ? Manifestement la grande bougie, quasiment un cierge qu'elle colla dans les mains de son hôte, en chuchotant sur le ton de la confidence :

« Pour le chandelier de la table ; il faut l'allumer : nous allons manger en tête-à-tête.

— Ce n'est pas de refus »

Ce furent ses tout premiers mots et surprise, d'une politesse recherchée !

Alors la maîtresse de maison, que plus rien ne détournerait de son objectif, s'activa : elle fila au poulailler, en rapporta les quatre derniers œufs, à casser dans la poêle directement et à faire revenir avec les patates qu'elle débita en tranches, tout bonnement ; il ne lui restait plus qu'à raviver le feu, à faire fondre un morceau de lard, de celui qu'elle avait entamé le matin même pour ses petits, et déjà les odeurs de grillé envahissaient ses narines. Mettre la table ? Ah oui, avec le beau service des grands jours et pourquoi pas l'argenterie sauvée de la débâcle ? Elle confia au grand jeune homme, qui se tenait désormais droit dans la salle à manger, assiettes, verres et couverts et elle s'aperçut qu'il avait réussi à allumer la mèche de la bougie : comme elle l'avait souhaité, sa flamme était prête à éclairer les deux convives dans un même halo.

Qu'est-ce qui la prenait, notre Marg'ritte avec cette mise en scène ? Elle n'était pas tombée amoureuse de cet inconnu, pas à son âge, pas avec leur différence d'âge, tout de même pas ! Évidemment qu'elle était en manque et qu'il était beau garçon : il était grand, blond ; il portait la barbe bien sûr, puisqu'il lui était difficile de faire une toilette sérieuse et elle était presque rousse ; peu importait, du coup son nez en paraissait encore plus droit, à la grecque, et ses yeux ? Elle les avait vus quasiment translucides et elle n'avait plus qu'un désir : plonger dans ses pupilles pour s'y noyer ! Certes, une de ses oreilles était un peu décollée – nul n'est parfait ! – mais comme ses cheveux étaient, eux aussi, longs, il avait un air tellement romantique ! Quant à ses mains, elles n'avaient rien à voir avec celles de son mari ! La menotte qu'elle avait tenue tout à l'heure, lui avait laissé la sensation d'une douceur de… bébé. En tous cas, sa peau avait résisté aux épreuves, qu'il avait dû traverser pour parvenir jusqu'à elle, car au vu de sa maigreur, elle ne pouvait en douter. Au fait comment s'appelait-il ?

« Quel est votre nom, jeune homme ? » s'appliqua-t-elle en arrivant vers lui avec son plat fumant. Elle ne s'était pas encore rendu compte qu'elle avait affaire à un timide, pire à un épris de solitude, car Jean – c'était son prénom de baptême, sans rallonge, ni fioriture – avait été élevé en un lieu coupé du monde : une ferme loin de tout village, bien plus isolée que celle, où ils se trouvaient ce soir. L'habitation de ses parents, petits paysans de toujours, était retranchée derrière des haies et aucun voisin à la ronde ; c'était comme ça dans le bocage normand et le plus dur pour lui, avait été la mobilisation, lorsqu'il fut versé dans un bataillon et qu'il lui fallut tout partager avec les troufions : un supplice que cette promiscuité, pire que l'école qui avait déjà été une épreuve, mais l'heure de galoches pour s'y rendre constituait une saine rupure ; alors que là, c'était jour et nuit, l'un sur l'autre, et les beuveries et les chansons à boire, la sempiternelle « La Madelon vient nous servir à boire, sous la tonnelle… »

Jean venait de lui débiter son histoire d'un trait, de façon monocorde, comme pour s'acquitter d'un devoir, éviter d'autres questions. Mais il avait mal calculé ; il n'en serait pas quitte pour autant ; Marguerite était une acharnée ; elle voulait tout savoir. Certes, elle avait commencé à estimer qu'il n'était pas tout à fait bien élevé : il s'était laissé tomber sur sa chaise, s'était affalé sur ses coudes et ainsi avachi, il avalait à grands coups de cuillère ce qu'elle venait de lui servir avec soin ; il aurait bientôt fini, alors qu'elle s'était à peine assise.

Naturellement, il avait des excuses, il était affamé, mais pour un repas en amoureux, c'était mal parti : elle aurait aimé prendre son temps, engager une conversation en termes choisis, respecter les codes de la bienséance, introduire de la douceur avant d'entamer le dur de dur, ce parcours de guerre qui l'avait conduit en ses murs. Au fait, aujourd'hui que s'était-il passé pour qu'il aille jusqu'à se cacher dans l'église ? Il n'aurait pas pu attendre son signal, pour qu'ils se rendent ensemble à la petite gare… non, Monsieur avait fait le malin et elle ne se serait pas gênée pour lui dire ce qu'elle pensait de sa conduite, si son air de chien battu ne l'avait attendrie. Mais, bon sang :

« Un peu de courage ! »

Poussé dans ses retranchements, le jeune homme passa enfin à ce qu'il s'efforçait de mettre de côté, en vain : il avait à peine été incorporé, armé, qu'il s'était retrouvé acculé dans la poche de Dunkerque avec tous ces soldats Français qui jouaient des coudes pour traverser la Manche. Mais pas de place pour lui sur une barge, sur aucune ; il n'avait pu arriver aux premiers rangs et il avait été fait prisonnier et il avait été déporté en Allemagne. Puisque l'agriculture était son truc, il avait été affecté à un petit élevage de porcs, auprès de femmes désemparées par suite de l'absence des bras musclés de leurs hommes et il avait cherché à s'enfuir : nuit et jour, il avait observé les lieux, les habitudes. Il avait saisi la première occasion pour prendre discrètement la poudre d'escampette : les chemins boueux, il connaissait, pourvu qu'ils soient plantés de haies de part et d'autre ; il s'était guidé avec les astres, fuyant le Nord et l'Est, ses seuls repères. En réalité, il ne devait pas se trouver très loin des Vosges, puisqu'assez vite, en deux ou trois jours, il ne savait plus exactement, sauf qu'il n'avait pas mangé et qu'il avait évité de s'arrêter, exception pour souffler un brin, à l'abri d'un arbre, d'une meule… voilà il avait pénétré dans la forêt et sous le couvert épais des sapins, il avait progressé de tronc en tronc, jusqu'à ce qu'il entendît des bûcherons au travail ; puisqu'ils parlaient Français, il s'était enhardi à les interpeller : de braves types ! En premier lieu, ils lui avaient offert de partager leur casse-croûte et ce ne fut pas de refus, et puis, en confiance, ils l'avaient déposé devant cette porte, la sienne. Aussi simple que cela et tellement encourageant, qu'il avait à nouveau tenté sa chance ; mais il ne savait plus qu'un village c'est habité, qu'un village peut-être aussi occupé par l'ennemi !

Cette fois, il tenait à lui expliquer, à lui préciser son plan de ce matin, alors qu'elle s'occupait de ses enfants, qu'elle était complètement absorbée : longer leur ruisseau, celui dont il devinait le cours depuis sa fenêtre d'en haut et dont il entendait le gazouillis, mais il n'avait pas prévu qu'il lui faudrait très vite monter sur le petit pont, cette planche qui lui barrait le passage et sous laquelle il ne pouvait se faufiler ; et puis, il n'avait pas envisagé que ce faisant, il allait se retrouver nez à nez avec trois Feldgrau, du moins avait-il failli, mais il les connaissait bien ces uniformes, pas besoin de lui faire un dessin ; il portait des marques de leurs mauvais traitements sur les bras et un peu partout sur le corps.

Il s'était donc tapi derrière un arbre.

« Pas évident quand on fait le mètre quatre-vingt » et dès qu'il s'était cru hors de leur vue, il avait fait marche arrière ; ayant retrouvé l'axe de l'église, il l'avait rejointe à grandes enjambées, au travers de la pente abrupte et des fruitiers : ouf, il avait eu chaud et il était en train de reprendre ses objectifs à zéro, quand la grande porte avait été poussée, une première fois ; il avait entendu des voix de femmes qui avaient fini par s'éloigner puis plus tard, une petite bonne femme était venue farfouiller un peu partout. Il s'était à nouveau planqué ; étonnant que cette dernière ne l'ait pas aperçu, mais quand il avait saisi qu'elle n'était pas dangereuse – « J'ai de l'expérience ! » – il avait décidé de l'aborder.

Il avait baissé la garde, notre homme ; manifestement, il se détendait et à présent il était même allé jusqu'à déployer ses bras et à se servir de ses mains comme d'habiles marionnettes, qui traçaient avec la fumée de la bougie des volutes jusqu'au plafond : un magicien ? Marguerite était obnubilée par ces arabesques, qui lui paraissaient des écritures, vraisemblablement pleines de sens : il fallait les déchiffrer, son heure était venue. Et ce fut ainsi que ses doigts rêches, sans grâce, se mirent en mouvement et qu'ils suivirent les évolutions de ceux de Jean :

« Jeu de main, jeu de vilain », l'avait-on prévenue, mais ces leçons faisaient partie d'un passé lointain. Elle souriait, elle riait aux éclats et ce qui devait arriver, arriva : ils s'effleurèrent leurs doigts ! Ils se croisèrent, s'accrochèrent et leurs yeux plongèrent au centre du bleu de leurs iris, au plus profond – elle avait pris soin d'enlever ses lunettes embuées, dès qu'elle avait pris place à table – et leurs fronts se rencontrèrent, et leurs lèvres s'avancèrent ; un baiser rapide mais non, leurs bouches firent ventouse et Jean de s'enhardir ; il posa ses grandes mains sur la nuque de Marguerite ; quelles étaient chaudes, réconfortantes, d'autant qu'elles la massaient à la racine de son crâne, non, elles la caressaient, la câlinaient ! Elles allaient descendre sur ses épaules et encore plus bas, toujours plus bas le long de sa colonne vertébrale, si des cris, suivis de coups de poing sur le volet de la cuisine n'avaient rompu le charme :

« Mais qu'est-ce que tu fais donc ? Le train a déraillé ! » Quoi, quoi, le train a déraillé, mais ce n'était pas la première fois qu'un wagon se couchait sur le ballast, c'était presque une habitude sur cette petite ligne et ça se terminait en rigolade comme la fois où la Méline était sortie par la vitre pulvérisée avec son pot de chrysanthèmes dans les bras, la veille de la Toussaint. Mais déjà, Jean s'était laissé glisser sous la table comme une chiffe molle, tandis que Marguerite décollait :

« J'arrive : qu'est-ce qui se passe ? » Elle se précipita dans le couloir et en effet elle tomba sur la Germaine et l'Alice, qui étaient sur le pas de sa porte ; elles étaient rouges et elles bredouillaient « Les enfants ! »

Inutile d'en dire plus, la maman avait compris, il était question de ceux qu'elle avait abandonnés ce matin, à l'aube, mais que devait-elle faire ? Elle s'affola, faisant des allers et retours entre la cuisine et la salle, ne sachant même plus qu'ils étaient deux dans la pièce il y a quelques secondes :

« Ah oui, un châle sur mes épaules, puisqu'il fait nuit noire dehors.

— Mais tu viens ? » Les voix se faisaient impérieuses. Madame Maurer obéit et elle se mit à la traîne des copines. Tout en dévalant la côte, pour la énième fois de cette journée, elle chercha à se rapprocher de ses amies, et tenta de les faire parler ; mais leurs souffles étaient trop courts et son cœur tapait trop fort. Dans cet état second, elle traversa les deux villages avec une image fixe en tête, celle de sa Nane le jour où elle était allée « routzer » au gré du vent, en réalité faire une course au-delà du col de la Chapelotte dans les vergers de Lorraine ; après y avoir cueilli un plein cageot de mirabelles, elle était réapparue, genoux et coudes en sang : elle s'était étalée de tout son long sous son vélo ! À quoi pouvait-elle s'attendre, cette nuit ?

Au fur et à mesure où elle avançait, elle devait accélérer le pas car elle apercevait ses enfants dans une sorte de coton, têtes oscillant à gauche, oscillant à droite ; ses accompagnatrices avaient disparu et maintenant juste devant elle, la halle de la gare, qui servait de dortoir aux chauffeurs et mécaniciens et les rails qui se croisaient : les boulons avaient sauté et ne parlons pas de l'état des traverses, plus rien ne tenait ensemble, tout était embouti, tordu !

Ce fut la femme du moulin qui vint à sa rencontre ; elle l'avait reconnue : elle la prit par le bras, pour l'entraîner dans un groupe de gens qui puaient l'alcool à plein nez, depuis qu'ils tamponnaient des plaies à tout va.

« Ils sont là vos grands, entre de bonnes mains ! » Marguerite se précipita pour les prendre en charge : ça y était, elle les avait rejoints ; ils étaient allongés sur des lits de camp et ils respiraient à gros bouillons. Elle se saisit du bras de Joseph et de la main de Marianne : ils étaient inertes ; elle les secoua ; un peu plus et elle les aurait démembrés. Elle ne vit même pas que leurs habits étaient couverts de taches de sang. Ils finirent par grogner et ils ouvrirent paresseusement les paupières, pour la regarder comme s'ils venaient au monde. Alors elle déchira leurs vêtements et de longues égratignures apparurent sur leurs poitrines, sur leurs cuisses, mais elles ne saignaient plus, elles étaient déjà quasi sèches.

Cette vision la fit sortir de son sommeil, brutalement. Depuis combien de temps s'était-elle enfoncée dans ce cauchemar ? En général, quand ses enfants s'immisçaient dans ses rêves du petit matin, ses « mauvais rêves », c'était pour des séquences horribles, avec des images truffées de cicatrices qui tiraient au drame, même pas besoin d'être psychanalyste pour comprendre les obsessions d'une mère.

Marguerite était par terre, elle était tombée du lit ; elle se serait moquée d'elle, si en se frottant les yeux, elle n'avait fini par s'apercevoir qu'elle avait roulé sur un vieux tapis poussiéreux, et qu'elle était quasiment coincée sous un cadre métallique, dont les ressorts soutenaient difficilement un matelas creusé en son centre ; ce décor n'avait rien à voir avec celui de sa chambre, les montants de bois massif de son sommier et sa descente de lit en haute laine. Qu'est-ce qu'elle fichait là, avec en prime, un affreux mal de tête, qui lui donnait l'envie de vomir ? Elle se releva en catastrophe et là, quelle ne fut sa surprise ? Sur le lit de camp, un homme dormait à poings fermés. C'était son Jean, mais que faisait-il, lui, là aussi, et elle, à même le sol ? Ah oui, les draps, les fameux, qu'il était urgent de décrocher pour éviter tout racontar, même si notre amoureuse aurait pu se dédouaner avec un gros bobard, du genre :

« Je n'avais plus de place pour les faire sécher sur les fils à linge au-dessus de la porte de la cave, alors je les ai fait pendre depuis l'étage… » D'accord, mais ses deux voisines n'en auraient rien cru, elles avaient été témoins d'une autre histoire et ces fieffées bavardes avaient déjà dû commencer à se répandre : son cerveau était en feu !

Comme un zombi, après le détour pour les urgences du fond du couloir, elle regagna sa cuisine et sa place sur la chaise dans l'axe de la fenêtre ; la nuit y régnait encore mais dans cette obscurité trouée par les deux rayons de lumière qui tombaient par les petites découpes en croix de Lorraine des volets, elle aperçut sur l'égouttoir de l'évier, sur sa gauche, deux assiettes puis deux verres et tournant la tête vers la salle, au milieu de la table, la bougie presque consumée sur son chandelier ainsi qu'une bouteille de vin, vide, du blanc d'Alsace : le choc ! Ces reliques firent immédiatement remonter dans son esprit la réalité et elle eut honte de sa folle soirée ; les preuves étaient là au vu et au su de tout le monde, de celles qui n'allaient pas manquer de venir aux nouvelles. Dire que ses parents l'avaient élevée avec un garde-fou :

« Over Korrect Margareta ! » Ce qui signifiait ne pas faire d'avances aux hommes. Cette petite musique ne l'avait jamais quittée, au point que, sans s'en rendre compte, il lui arrivait de supplier à haute voix son Christ crucifié dans sa chambre :

« Mon Dieu, protégez-moi de la tentation de la chair ! » et de surprendre ses adolescents interloqués, qui se questionnaient :

« Mais grand Dieu de quoi qu'elle s'inquiète, notre Mommele ? » car ils voyaient bien que la conduite de leur mère était réservée envers les Messieurs. Empreinte de retenue, jamais un geste déplacé, elle en faisait même trop : on aurait cru qu'elle avait peur de les toucher ; entre mari et femme, c'était tout juste si on se prenait par le bras, lorsqu'on marchait côte-côte, bien droits dans la rue, et à l'égard des prêtres ? Elle était dégoulinante de gratitude, leur servant du « mon père » en veux-tu en voilà, mettant les petits plats dans les grands, quand elle les recevait à la maison, même en pleine guerre ! Ses jeunes étaient gênés par tant démonstrations, quasiment de la componction, surtout quand les interlocuteurs en question étaient leurs aumôniers, de la même génération qu'eux, avec qui ils ne manquaient pas de partager des blagues de potaches ! Était-ce son éducation, la sévérité de son père, puis celle de son époux et maintenant son veuvage qui l'avaient conduite à tant d'austérité ?

Alors cette nuit, qu'est-ce qui l'avait prise de se fourrer avec ce jeunot ? Elle s'étonnait encore de son emballement, sa passion subite. Bien sûr qu'elle était allée d'elle-même jusque dans la chambrette, domino-mino, domino–minette, aucune contrainte, mais avec l'intention de retirer les draps de la fenêtre et quand il l'avait suivie, elle ne lui avait pas fait la moindre remarque mais quand il l'avait saisie par la taille et qu'Il l'avait fait basculer sur le lit, prisonnière qu'elle fut ! Ah oui, ce détail n'en était pas un, il avait son importance ; il serait à défendre à confesse, car elle allait être obligée de courir à l'église, à celle de Raon sur Plaine : à genoux, derrière la grille, bien que dans l'obscurité, elle serait reconnue par Monsieur le Curé ; comment éviter qu'il ne la presse de questions, qu'il ne se montre trop curieux ? Elle se maîtriserait pour ne pas risquer un lapsus, le mot de trop, puisqu'au fait, son péché n'était pas si grave : tout ce plaisir qu'elle avait ressenti, qui l'avait envahie, qu'elle s'était laissé donner, n'était-il pas un retour à la pure enfance ?

À son plus jeune âge, nul besoin d'aller quémander la tendresse : elle baignait dans un monde où il était naturel de se faire dorloter par les uns et par les autres ; il suffisait de babiller, de sautiller, de chantonner, toujours quelqu'un avec qui se rouler, se pelotonner, tout était naturel, sensuel, charnel entre eux les enfants, et ils étaient nombreux. Quant aux adultes ? Ils étaient réglés comme du papier à musique, une horloge dans le ventre, à l'heure pour vous nourrir, vous protéger du froid, de la pluie, des orages, vous débarbouiller, vous coucher : il y avait au moins deux mamans en permanence à la maison ! Ces premiers plaisirs ne s'oubliaient pas, même si en grandissant, les comportements étaient devenus nettement plus contenus, plus rigides : plus de « Raye-Raye Rose… Ringele-Ring Hopsasa ! » pour s'écrouler avec les garçons en d'interminables chatouillis ;

en revanche toujours une fille sous la main pour s'épancher, partir en d'innombrables rêveries et les cinq enfants qu'elle mettrait au monde, dont l'un en pleine grande guerre ? Ils avaient entretenu la joie de vivre, toute cette chaleur humaine si précieuse. Donc merci Fritz, son époux devant l'éternel ; ensemble, ils avaient construit une famille, vécu l'amour… oui, mais la passion ? Avec cet amant, son Jean, allait-elle la découvrir ? Il n'était pas trop tard pour le grand frisson.

7

Marguerite s'attendait à être surprise à tout moment par une haute silhouette, un fantôme qui serait descendu de l'étage, ce Jean, qui aurait fini de roupiller ; il serait venu l'enfermer dans ses bras pour la tirer de la migraine qui l'empêchait de se lever de son siège, alors que le froid et l'humidité l'enchâssaient. Elle ne devrait découvrir qu'au soir, lorsqu'elle se serait résignée à monter se coucher, que la porte du grenier avait été ouverte ; elle était mal refermée, peut-être pour lui faire comprendre qu'il n'y avait plus rien à espérer, que son Homme s'était échappé cette fois pour de vrai : de quoi la tracasser encore, car comment savoir quand il était parti et pour où… et de surcroît qui, il avait rencontré ? Il aurait pu au moins lui dire un petit mot, voire un au revoir de loin s'il était si mal à l'aise, mais elle comment aurait-elle réagi ? N'aurait-elle pas cherché à le retenir : elle avait si peur d'être seule.

Comme une automate, elle fouilla sa maison de fond en comble mais elle ne fit qu'effrayer les chauves-souris, blotties derrière les poutres ; nul doute, elle était l'unique humain à bord, ce qu'elle redoutait par-dessus tout ! Donc plus qu'à se jeter sous ses couvertures, dans l'espoir d'être écrasée par un sommeil de plomb.

Et c'en fut un, car le lendemain dès qu'elle émergea, tout habillée comme elle s'était écroulée, elle aperçut son balai posé en face d'elle et elle s'en empara : et que je te frotte le plancher et que je te tape dans les coins pour faire tomber les araignées, qui avaient profité de ses inconstances pour agrandir leurs toiles ; trop impressionnée par leurs longues pattes, elle n'avait pas cherché à les écraser ; elle les avait simplement poussées à aller voir un peu plus loin ; après tout, elles pouvaient être ses compagnes comme les poules, à qui elle n'avait plus rendu visite depuis deux jours ; quelle fête elles allaient lui faire, ces bonnes petites… leurs nids devaient déborder de gros œufs ! Si le renard ne les mangeait pas, elles seraient ses fidèles, car les hirondelles… Elle eut beau lever les yeux vers le toit des Battelot, elles avaient déserté. Ce départ lui fit penser à la saison venue ; il était grand temps de se préoccuper de « rentrer son bois », comme on disait dans le voisinage.

Elle traversa le grenier à grandes enjambées, un panier sous le bras et s'installa de l'autre côté de la route, au billot autour duquel des troncs ébranchés, tronçonnés, avaient été amoncelés par son fils et ses amis bûcherons ; ils avaient commencé à sécher, ils l'attendaient et empoigner la hache et fendre les bûches à s'en déchirer le dos et les bras, voilà ce qui était urgent.

Son vacarme attira immédiatement la Germaine ; étonnée par ce trop-plein d'énergie matinale, elle essaya de surmonter le tohu-bohu :

« Mais qu'est-ce qui te prend, Marguerite ? » En réalité, elle tenait à lui rapporter

« Ah oui », que le village bruissait du passage d'un jeune homme, qui s'était dirigé vers la gare, sans un bagage à l'épaule, sans être dans les horaires d'un train ; et pas moyen de l'arrêter, il ne faisait que regarder ses pieds ! Elle s'était bien gardée de se mêler de cette affaire mais quand même, elle était en droit de se faire confirmer que ce jeune homme était celui qui avait quitté la maison, où il avait été traîné la veille comme un gamin :

« Sapristi ! Campousté par la maîtresse de maison ? »

Elle ne pouvait y croire,

« C'était ça les nouvelles manières de Madame Maurer ? Tout de même pas : tu nous as habituées à plus de gentillesse, de prévenance avec tes réfugiés ! Mais après tout, qu'est-ce que tu as bricolé depuis que nous nous sommes quittées de chez l'Hortense ? »

Notre Marguerite en plein effort aurait pu faire mine de ne rien entendre, mais malgré elle, elle jeta un rapide coup d'œil à la porte, toujours la même, celle de la grange, et elle se trahit. La voisine comprit immédiatement de quoi elle s'assurait : elle voulait vérifier que personne ne se tenait dans cet encadrement, car aujourd'hui contrairement à ses habitudes, les deux vantaux étaient restés grands ouverts ; attendait-elle quelqu'un ou était-ce simplement pour ses allers et retours, destinés à rentrer ses bûches une fois coupées à la bonne taille ? Marguerite n'en dit mot, mais elle n'en pensa pas moins : grandement temps pour elle de se remette dans sa peau de maîtresse-femme, de gardienne du temple, de responsable de ses frères et sœurs, ses enfants, sa belle-fille, ses deux petits-enfants.

« Scouts toujours prêts » était la devise de ses grands depuis des années et elle, qui était en train de partir à la dérive, loin de son fils aîné ; c'était lui, le Fred, qui était désormais son appui, même s'il était marié et avait bientôt deux enfants ; aujourd'hui, il était loin, au-delà de la ligne de démarcation ! Et sa Mimi, qui ne voyait que la vie en rose, toujours de la meilleure humeur, pleine de bonne volonté : qu'est-ce qu'elle lui manquait ! Une chance pour Guitte, l'aînée, avec qui elle faisait corps, bien qu'elle n'eût en tête que son Florent ; elle y tenait mordicus ; que

Dieu le protège celui-là aussi, car il était engagé dans des histoires compliquées dans le sud de la France, d'après ce qu'elle avait retenu !

Elle ne pouvait espérer qu'une chose, que ses deux filles, numéros un et trois, aient serré dans leurs bras les deux plus jeunes, quatre et cinq ; deux jours étaient passés depuis leur départ et même si elle n'avait pas encore reçu de leurs nouvelles, ils n'avaient pas dû manquer à leur devoir : lui expédier une petite carte postale pour la tranquilliser ; le facteur n'allait plus tarder à la lui livrer dans sa tournée…

Pourvu que sa sœur Julie, qui avait le cœur sur la main, et qui était rentrée avec ses deux frères paralysés dans la maison familiale le long de l'Eberbach, fût à l'abri. Près d'une rivière, près d'un pont, on était exposé à la moindre stratégie guerrière ; elle le savait à présent que les frappes redoublaient !

Au fait, où s'était-il évanoui, le Popaul ? Sûrement chez sa mère, encore une Marie, plus seule que toutes, dans sa ferme au ras de la forêt. De là-haut il pouvait surveiller les chemins qui montaient, comme ceux qui descendaient de la frontière, du fameux chemin d'Allemagne, tracé à l'époque de 70/18 que l'on croyait révolue ou de la plus ancienne voie dite romaine, avec ses lourdes dalles de gré, creusées par des générations de chariots en convoi. C'était bien de ce versant sauvage au possible, où coulent La Sarre rouge et La Sarre blanche, cette dernière plus communément appelée le Blancrupt, qu'il avait surgi, son Jean ; un peu plus avec son air d'hirsute et il se serait fait enrôler par les maquisards ; le réseau était en train de se constituer ; dommage qu'il n'ait pas croisé la route du Popaul, ils avaient besoin d'hommes mais motus et bouche cousue !

« Stop ! » s'était écriée la Germaine et elle avait retenu son bras, déjà levé en l'air, prêt à s'abattre.

L'accident venait d'être évité de justesse : si tel qu'elle se présentait, la lame de la hache avait ripé sur le nœud du bois, elle aurait entamé la main de notre Marguerite, celui qui maintenait la bûche sur le billot. Quelle maladroite ! Heureusement que sa voisine était intervenue, car elle ne pouvait prétendre, la pauvre Marguerite, à l'expérience des Méline, Louise, Germaine, Alice de Laidelet ; elle n'avait pas leur dextérité et tout bonnement pas leurs forces ; elle ne s'était pas forgé des épaules de bûcheronne depuis la jeune enfance.

« Allez, laisse ça, laisse tomber, lui ordonna la Germaine et surtout : arrête de ruminer ; tu ne sais pas faire deux choses en même temps ! »

La citadine reconnut qu'elle n'arrivait pas à se concentrer, même si, voulut-elle encore se défendre, l'hiver arrivait et qu'il était urgent de prévoir le chauffage.

« Nous serons seules, une fois de plus, pour faire face aux restrictions, aux réquisitions, aux arrestations… ». En effet, elles n'en étaient qu'en 1942 ; certes, des renforts du monde entier étaient annoncés, les appels étaient entendus, la guerre se généralisait, mais pour quel résultat ? Rien de neuf de par chez eux ; il fallait tenir, s'organiser et pour elle, s'armer de sa plume et garder le lien avec ses proches d'outre-Vosges, les siens d'outre-Rhin, dont elle était le point fixe.

En définitive, n'avait-elle pas eu la chance, dans ses multiples malheurs, de s'être fixée sur la frontière ? Non pas acculée comme certains le croyaient, mais portée par son Réquival, qui après avoir choisi d'émerger entre les deux Donons, coulait au fond de son pré… mine de rien, il avait déjà franchi « eine erste Grenze », et il était resté limpide. Son Joseph ne s'y était pas trompé, lui qui y avait pêché ses plus belles truites fario, celles qui trempaient dans la saumur de la terrine, la « marinierte Haeringe », – encore une céramique rescapée – et sa Nane ? Elle ne pouvait s'empêcher de pousser la chansonnette quand elle marchait sur le fond de sable, robe à mi-cuisses :

« Si tu veux faire mon bonheur, Marguerite, Marguerite ! Si tu veux faire mon bonheur, Marguerite donne-moi ton cœur… » La coquine, si elle avait su… elle qui avait tant hérité de sa Gross-Mutter Feu d'Enfer – hormis ses cheveux roux – elle aurait pu s'adresser à son benêt de Jean, celui qui avait pensé retrouver sa liberté, en sautant à cloche-pied par-dessus le ruisselet ! Quant à elle, Margareta/Marg'ritte/Marguerite, elle venait d'apprendre le tour de force de son riquiqui.

Elle n'ignorait pas que, tout en mélodiant, le cours d'eau embrassait la Plaine : cette scène, elle l'avait sous les yeux, un peu plus bas dans le vallon, direction la France-Libre mais elle ne connaissait pas encore la suite de sa romance car gonflé, grossi, il allait quitter l'Ouest et couler vers le Nord, son penchant naturel ; ainsi avec la Meurthe, baignerait-il Nancy, la ville-refuge de ses deux aînées ; à ce stade, il était devenu fleuve et si courageux, qu'il n'hésiterait plus à se jeter dans la « gueule d'enfer » de la Moselle ; alors il se livrerait à une véritable danse du ventre, des boucles en veux-tu en voilà, au creux des Ardennes, et il serait rejoint par La Sarre, celle qui traverse Sarreguemines, où elle avait mis au monde trois enfants – toujours des points de repère – à Koblenz, brassés, méconnaissables, les cinq flux épouseraient le Rhin, le méga-fleuve, avec lequel ils iraient se noyer dans le delta de la mer du

Nord. Ils avaient fait fi des frontières, soi-disant quatre, si l'on incluait celle recréée récemment juste au-dessus sa tête et dont elle avait la nausée ; ils avaient alimenté quatre pays, même si l'indépendance de trois d'entre eux était contestée : quasiment rayés de la carte le Grand-Duché du Luxembourg qui était annexé par le IIIe Reich, les Pays-Bas dans une position guère plus brillante et la France pour le moins découpée en trois ! Et puis si à Coblence, elle se décidait, notre Alsacienne-Allemande-Française, à ne plus poursuivre vers le grand large, mais à revenir en arrière, à remonter le Rhin, pour prendre la direction du Sud-toute, jusqu'à Strasbourg ? Finalement, elle n'aurait fait qu'une boucle, pour parvenir à son but et de surcroît, elle serait passée par Vallendar, chez sa belle-sœur, avant de frôler son Soufflenheim : malin, n'est-ce pas ?

Voilà pourquoi dans sa naïveté retrouvée, ivre d'essences de sapin, elle songeait à se hisser sur un train de bois flottants ; elle n'avait qu'à jeter une première bûche et avec ses mains pleines de résine agrippées à sa boîte de fer, dans laquelle toutes les lettres non expédiées étaient enfermées, elle se laisserait ballotter ; sans effort, elle rejoindrait la cohorte des siens : ils étaient à la queue leu leu, sur les rives ; ils l'attendaient, fidèles ; ils avaient besoin d'elle, tout autant qu'elle avait besoin d'eux ; c'était comme ça depuis toujours, ça ne se discutait pas ! Pourquoi ce Führer dans sa fureur, voulait-il la priver de leurs présences, de leur soutien, l'amputer de ceux qui lui étaient si chers – et ce n'était pas un vain mot – ? Du coup, elle ne put retenir ce cri de louve, qui allait réveiller tous les Lesleau :

« Je veux les réunir : ils sont les Miens, meine Leute, mini litt ! »

Yo, Ya, Oui, mais dans quel état ?

8

Quand Margareta retrouva Soufflenheim en mars 1945, après la libération de son bourg, son plus jeune frère, celui qui avait aussi les jambes paralysées, comme l'Aloïs, était mort dans l'explosion du pont de l'Eberbach : il était enterré au cimetière communal. La maison des Haasser était effondrée ; ne restait qu'un amas de briques concassées, en train de rougir la terre… Julie, sa chère sœur Chulie, errait dans les décombres, poussant le fauteuil de l'aîné : plus que jamais indissociables ces deux-là ! Alors elle, qui était venue raccompagner leur très chère Mémère dans son cercueil, pour qu'elle repose enfin en paix auprès de son Fritz, son époux, et de ses deux enfants, Eugénie et Julien, tous désormais voisins de la tombe de leurs ancêtres ainsi que son beau-père, à elle, le Sarrois, elle laissa couler ses larmes à torrent, sans retenue ; et quand elle eût épongé sa douleur, elle s'empressa de disparaître.

Avec son sens aigu du devoir, on retrouva notre Momele, dans sa cuisine à Strasbourg : le cordon ombilical était le plus fort et aujourd'hui malgré ses mains aux articulations noueuses, elle hachait les kilos de choux achetés aux paysans de la plaine ; salés, ils iraient fermenter à la cave, dans la tonne de gré de

Betschdorf ; bientôt, la choucroute remplirait les ventres affamés de sa descendance qui se regroupait dans la grande maison, choisie par son fils Fred : la Boussingerie, rue Boussingault, dans le quartier des Quinze, à la pointe Nord-Est de la ville, à la confluence de tous ces bras de rivières qui rejoignent le Rhin, dont elle avait tant rêvé au cours de ses cinq années d'exil. Et pourtant pas question d'approcher le fleuve mythique : il était La Frontière et à juste raison il faisait peur avec ses rangées de Blockhaus face à face, prêts à ouvrir le feu au moindre déclic ; jusque dans leur propre jardin, un indestructible « Bunker » avait été bâti avec de la ferraille et du ciment ! Pas question d'aller embrasser beaux-frères et belles-sœurs allemands, ne serait-ce que de l'envisager.

Il ne lui restait qu'à divaguer et à pas de géant, elle franchissait les Vosges : plus de barrières pour l'arrêter, c'était bien vrai, on était tous dans la même France. Au fond du vallon, son petit Réquival l'attendait, évidemment ; il s'étalait à l'air libre et il murmurait ce qu'elle voulait entendre : indifféremment le Français, l'Allemand et pourquoi pas l'Alsacien, cet hybride qui ne demandait qu'à jeter des ponts pour que de grâce, par pitié cessent les hostilités.

Tous mes remerciements, à mes abondantes Sources, auxquelles je me suis abreuvée et qui m'ont fait gazouiller mais aussi déborder :

– Petites Histoires, Grande Histoire François Holveck ;

– Jean Maurer, Marie Maurer, Claire Nodet, qui ont mis à ma disposition les précieux écrits d'oncle Fred et tante Nane. Et les écrits de ma maman et La Borne Rouge de mon Père, Éditions la Nuée Bleue et les petits mots de François Maurer, le carnet de poésie offert par Anne Holveck-Strub ainsi que ses remarquables connaissances linguistiques ;

– Wikipédia : la Sarre, Strasbourg, Aktion T4, etc.

– Soufflenheim : cité des potiers, AREO Paris 10 ;

– La poterie à Soufflenheim, Éditions SAEP Ingersheim 68000 Colmar ;

– Alsace et Lorraine Terres françaises, Éditions du Témoignage Chrétien octobre-décembre 1943 ;

– Une famille pendant la Grande Guerre – chronique extraite de cartes postales entre un Poilu et sa famille durant la Première Guerre mondiale. Madeleine Crétenoy-Jeannot ;

– Les Vosges de 1939 à 1945 Robert Dosin, Éditions du Sapin d'Or Épinal ;

– DNA, saisons d'Alsace : L'université de Strasbourg, le Struthof ;

– 1938 : L'œil du cyclone Frédéric Mitterrand, Éditions XO ;

– Le nazi de ma famille Priscille Cuche, Éditions La manufacture de livres ;

– Il était une fois un petit train dans les Vosges – Le chemin de fer de la vallée de Celles 1907-1950, Cercle d'histoire Louis Sadoul ;

– Allemagne/Années 1920/Nouvelle Objectivité/August Sander – Exposition Centre Pompidou en 2022 ;

– August Herborth-Musée Historique de Haguenau Bas Rhin.

Sans oublier les riches échanges avec Rachid Hakarri de l'Université de Strasbourg et les dernières corrections de mon éditeur, de ma fille, de mon mari : un travail collectif heureusement.

Imprimé en France
Achevé d'imprimer en mai 2023
Dépôt légal : mars 2023

Pour

Le Lys Bleu Éditions
40, rue du Louvre
75001 Paris